景天 著

一生并不长，不断努力，
也只是为了任性做自己。

愿你从心所欲，任性而活

中国友谊出版公司

图书在版编目（C I P)数据

愿你从心所欲，任性而活 / 景天著. -- 北京 : 中国友谊出版公司，2019.3
ISBN 978-7-5057-4621-3

Ⅰ. ①愿… Ⅱ. ①景… Ⅲ. ①散文集－中国－当代 Ⅳ. ① I267

中国版本图书馆 CIP 数据核字 (2019) 第 039227 号

书名 愿你从心所欲，任性而活
作者 景天
出版 中国友谊出版公司
发行 中国友谊出版公司
经销 新华书店
印刷 天津旭丰源印刷有限公司
规格 880×1230毫米 32开
9印张 180千字
版次 2019年5月第1版
印次 2019年5月第1次印刷
书号 ISBN 978-7-5057-4621-3
定价 42.00元
地址 北京市朝阳区西坝河南里17号楼
邮编 100028
电话 (010) 64678009

如发现印装质量问题，可联系调换
电话 (010) 59799930-601

将就

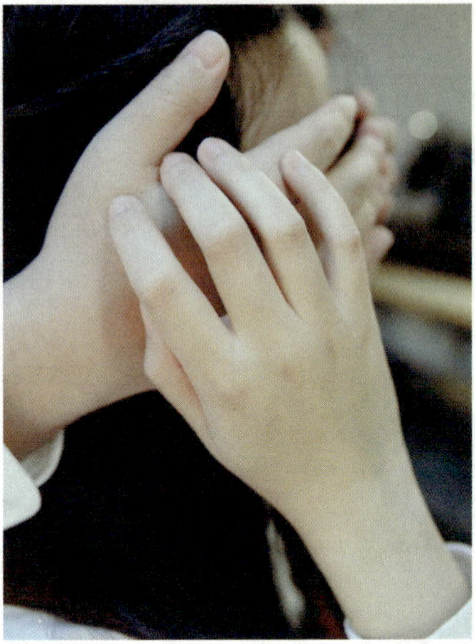

错过你 会很可惜

幸福的婚姻
不靠一时的心动
而是我知道
遇到你不容易
所以
一地鸡毛
我也愿意淡定面对
因为我知道
错过你会很可惜

愿你惦念的人能和你道晚安，

愿你在异乡的日子不孤单，

愿每一个不甘心的人，

都有一张不倦怠的脸。

有酒就去喝 想爱就去爱

一辈子那么短

再拘谨

真的就那么过去了

感谢成长　不计得失
难过算什么
再难也要过
过去就好了

以前总以为
人生最美好是相遇
多年之后才知道
其实难的是重逢

目 录

Part 2 39

我有故事和酒，你带我走吗

Part 3 81

当你厌倦了过去的生活，你得做点什么

Part 4 123

若非努力成长，怎会暗里有光

Part 5 163

喜欢你，离开你，是我一个人的事情

Part 6 201

人生是个游乐场，只愿此生能尽兴

Part 7 237

愿有前程可奔赴，也有岁月可回首

序
你有勇气任性地生活吗

最初，我对“任性”这个词是怀有敌意的。小时候，每当妈妈对我发火，总会骂我太任性，不听话。尤其是那年，不顾爸爸的反对，我坚决要去学画画，做一个艺术生，她更是觉得我任性。

可事实上，我一直觉得自己是那种很乖也很听话的女孩。我认真地画画、读书、做事、做人，直到现在，收获很多，再去看从前的路，我始终觉得一切都是最好的安排。

大学的时候，我很喜欢顾城的诗，特意在本子上一首一首地抄写，直到今日，他的很多诗我都会背诵。我特别喜欢他的那首《我是一个任性的孩子》，也是从那个时候，我开始觉得“任性”没有那么坏。

我尤其喜欢这一段：

我希望
能在心爱的白纸上画画
画出笨拙的自由

画下一只永远不会

流泪的眼睛

一片天空

一片属于天空的羽毛和树叶

一个淡绿的夜晚和苹果

无数次，我读着这段话，感受顾城的孤独，而心生孤独，直至流下眼泪。我没有觉得他任性，反而觉得他在认真思考，认真体会生活的无奈，认真保护内心的某种自由。毕竟，在成年人的生活字典中逐渐没了“任性”两个字，当他们开始过千篇一律的生活时，诗人还在认真地做梦，天真地写诗。

在北京工作了九年，我亲自送走过身边很多亲人和朋友。他们为了新的生活和更好的机遇，努力地向着未来出发。

记得那年，表哥周通为了他心爱的女孩要去美国工作时，姨妈一边骂他太任性，一边阻止他辞职。他却坚决要去，不仅是忠于爱情，想为这段感情做点什么，更重要的是，想去另一个国度看一看，很想试试改变一下，生活会有什么不同。

后来，姐姐家的女儿真真毕业，前往哥伦比亚大学读博士。姐姐特意交代我，去和真真交流一下，劝她放弃。一个女孩子，一个人前往陌生的国度生活和打拼，太难，家人都不放心。真真却说，这一次选择，她要坚持。她想看看自己可以走多远的路，她想试着一个人去远方。

我送走他们的时候，内心很羡慕他们的勇气。他们为了喜欢的学业、喜欢的人、喜欢的事物，总有一种不顾一切的勇气，而我却停滞不前，甚至不敢迈步。

毕竟成年人的任性，的确是需要勇气的。

生活看似有很多选择，但大多是无奈或挣扎。我们只好把自己装扮成别人喜欢的样子，以至于忘记了真实的自我。

我特别喜欢站在街头，看街上人来人往，很担心有一天自己也会成为其中一个面无表情的大人。

我在格子间观察同事们，看到他们一直低着头做事，看到那些男人仰起脸来讨论的是买房、买车；看到那些女人任性地发脾气，疯狂地购物，成功地把自己逼成一个"隐形贫困人口"，并期待嫁给一个人，解决自己眼前困顿的生活。

我在全国各地出差、讲课，甚至看到一些孩子也开始一脸严肃，一本正经地像个大人一样……

有时候我就会莫名恐慌。在最好的年纪，余生那么长，我们为什么只能选择索然无味的生活？

在这最好的时光，我们究竟在害怕什么，在担忧什么？在成为更好的自己之前，我们为什么总喜欢先让自己成功地败下阵来？我们明明知道，眼前一成不变的生活不是自己想要的，却依然故步自封，不敢任性，也不敢改变。

于是，我一个人悄悄地离开了无比熟悉的生活，前往一座陌生的城市。

这一次，没有人为我送别，我只想为了自己想要的生活，勇敢地迈出这一步。

出发之前，我最好的朋友景天问我："什么才是最正确的生活？"

相信我们都一样，曾在做每一个决定之前，纠结万分，左右衡量。可世事并无对错，从本心出发，就是无比正确的选择。这一次，我只想让自己真正地快乐，放下过去，走向新的生活，创造新的记忆。最重要的是，我还会把所有的梦想一一实现，毕竟这才是人生最酷的事情。

多么希望看这本书的你，也是我的同路者。

韦 娜

2019 年

Part 1
人山人海，唯有自己可以依靠

每个人最后都会说再见。与其患得患失靠别人，不如放自己一条生路，自己一个人，任性地活着，也可以很好。

借我十年，借我亡命天涯的勇敢，借我不惧碾轧的鲜活，借我生猛与莽撞不问明天。

——《借我》

蓝色天空下，是我们自己把自己叫醒

1

科比说：“你见过凌晨 4 点的洛杉矶吗？”

20 岁的灵澄说：“我见过每一个凌晨 4 点的山羊圪堵。”

山羊圪堵是个地名，名字看似有些土，实际上是一座特别安宁的小镇。

灵澄每天都会在凌晨 4 点起来学习，这几年，她已经习惯了这样的作息。起床看两个小时书之后，她会晨跑半个小时，然后开始一天的生活。

15 岁时的灵澄，叛逆得像是在云朵里炸开的大爆竹。

那时的她，也经常见到凌晨 4 点的晨光，只不过那时的凌晨 4 点，她才准备入睡。

逃课、泡网吧、打游戏、抽烟、喝酒、谈恋爱……好像在那个年龄段，所有刺激的事情她都尝试过。

每天上课睡觉，和老师顶嘴，和父母冷战。这是她的日常生活。

她觉得那就是她绚烂的青春，只有这样轰轰烈烈地度过才能不辜负最好的年纪。

然而，她等来的却是残酷的教训。她变得焦躁、易怒、不想与人沟通，甚至想到了自杀。但是她想了一招：用学习把自己累死。这个方式效果确实很好：她不但没有累死，反而越来越喜欢那种不顾一切的拼劲。

灵澄觉得自己像是一个“没头脑”和“不高兴”的结合体。

她靠着那股拼劲，考上了她所在地方最好的高中。

从那时候开始，灵澄就开始了她的逆袭之路，也正是那样的逆袭，让灵澄懂得，如果想要变得更好，就得付出更多的努力。

张爱玲在《非走不可的弯路》里说：

> 在青春的路口，曾经有那么一条小路若隐若现，召唤着我。
>
> 母亲拦住我：“那条路走不得。”我不信。
>
> “我就是从那条路走过来的，你还有什么不信？”
>
> “既然你能从那条路上走过来，我为什么不能？”
>
> “我不想让你走弯路。”
>
> “但是我喜欢，而且我不怕。”
>
> 母亲心疼地看了我好久，然后叹口气：“好吧，你这个倔强的孩子，那条路很难走，一路小心。”

上路后，我发现母亲没有骗我，那的确是条弯路，我碰壁，摔跟头，有时碰得头破血流，但我不停地走，终于走过来了。

是的，不亲自尝试，又怎么知道哪一条路是正确的呢？正是因为走过了无数条路，甚至是弯路，才锻造出了我们强大的内心。

2

我们仅有一次的人生，是要活给自己看的。

因为怕失败，所以就不去尝试了吗？

因为怕辛苦，所以就不去付出了吗？

很多人都知道舞蹈演员黄豆豆。有个男孩的大学老师曾经有机会和黄豆豆在一起排练。这位大学老师这样跟他们描述：大冬天，黄豆豆拿了一个大包就来了。当时黄豆豆已经是舞蹈界的大神了，这位老师用崇敬的眼光看着黄豆豆，结果发现他学东西其实很慢，别的演员重复五六遍就会了，黄豆豆不行，动作记得不清楚，做得没有其他演员好看。其他演员也都很优秀，都想做领舞，但最后黄豆豆当选了，为什么？

之前说他来的时候拿的一个大包，里面装的其实是十几件T恤。其他演员练会了在旁边聊天，黄豆豆仍然在练；其他演员去吃饭和玩手机，黄豆豆还在练，汗水把身上的T恤浸透以后换件新的，就这样不停地练，每天结束以后他的每一件衣服都能拧出水。黄豆豆在舞者里条件并不算突出，他为什么能成为出名的舞蹈演员？因为他够努力。

有时候，我们总是想跳过那些黑暗，想跨过那些我们自认为无法再走下去的路途。可事实证明，人生最难熬的时候，我们都会熬过去。

人生都有糟糕痛苦的时刻，我们甚至不知道它什么时候会到来。我们期待的生活，有时候会被现实无情地摧毁，可是我们不能就那样放弃。

3

我看到的那些人，都在为梦想追逐，他们背井离乡，在陌生的城市孑然一身地奋斗。

或许你在起早贪黑地工作，或许你为了买房而拼命地攒钱，或许你在为了让身边的亲人过得更好而辛苦地坚持。

我们现在所走的每一步都会成为走下一步路的动力。

我们每前行一步，都不易察觉自己的内心。但是当我们前行到一百步的时候，我们会突然感激自己，原来已经默默地走了这么久。

有人说：“你相信我们的人生都是被写好的吗？没有长成别人喜欢的样子，没有得到想要的东西，付出却得不到相应的回报。如果命运可以被算出来，我们做什么都无法改变，那么我们为什么还要努力呢？因为努力是为了改变。”

如果一眼就能望到70岁时的样子，那我们的人生还有什么意义？现在付出的每一分，都是我们在积累、建造自己的城池。当你的人生城池不断强大起来时，我们会看到更远的世界。支撑我们变得越来越好的，是我们自己不断努力前进的勇气、智慧和品质。

4

你要感谢那个不曾放弃的自己。

万事开头难，然后中间难，最后结尾难。只有行动起来，最终才能感受到行动所带来的力量。

不要觉得你想要的时间都会白白给你，只有在你努力过后，时间才会把你想要的给你。当我们坚持做一件事情时，打败我们的往往不是“做不到”，而是“太着急”。健身一周就希望看到效果，爱好坚持不到半年就希望有所收获，喜欢一个人付出半分真心就想要对方倾尽所有情感，刚参加工作一个月就希望得到所有人的认可，刚创业一周就希望马上赚钱……

耐心一点，当你觉得努力很孤单的时候，请想想，你身体里有几万亿个细胞为你而活，你还有什么理由停止前行？

我们总是不甘心中途放弃，我们缺的从来不是梦想，而是坚信可以实现梦想的信心和勇气。而恰好，给你信心的绝大部分动力，来自你自己。

蓝色的天空下，是我们自己把自己叫醒。

每一段路，都是你的独家记忆

1

前段时间，我遇见刚从西藏拍完纪录片的小希，她的一张脸晒得戴上墨镜都分不清脸色，笑的时候，几颗大白牙越发光亮。小希说，没有去过西藏的人是不完整的。她一个姑娘，也像是汉子一样扛着器材翻山越岭。拍纪录片一直是她的梦想，她总想着有一天，自己能用影像记录我们的生活。

小希在传媒大学读书的时候，学的是播音主持，气质出众的她刚上大一就成了校园里一道亮丽的风景，长发齐腰，一袭白裙，白皙的皮肤，笑起来真的像花儿一样。在各大活动的现场，她总是最耀眼的那一个。

她有一个很爱她的男朋友。男孩很帅人很好，他们会在周末坐汽车到周边的小动物保护中心给流浪猫狗送去食物，也会到福利院做志愿者，两个人还会把淘来的好书送给爱看书的小朋友。而小希也总是把自己打扮得美美的，那种由内而外的气质为她的人生增添了很多光彩。

可是在她快毕业的时候，男友因车祸去世。

她无法接受这个事实，一度消沉。

她把自己关在房间里，不吃不喝，整整两天，仿佛她的世界已全然崩塌。

2

躺在自己的床上，小希想起无数他们在一起的画面。她翻看微博，无意间看到了沈熹微的文字。

想静静地活着，

像一根森林里无人问津的木头。

像刮在墙上的腻子灰。

像书店角落里永远不被翻阅的那本书。

像终年不化的雪山。

像从未抵达的湖。

写这些文字的时候，沈熹微已经患病多年，疼痛袭来的时候，连翻看手机的力气都没有。有时候“瞬间清醒”真的不是夸张的说法，小希就好像突然被什么东西点醒了，男朋友走了，她一定要代替他去看这个更美的世界。

她起身推开门，去吃饭。从那天起，小希迷上了摄影和拍纪录片。

脱下长裙，换上牛仔裤、格子衬衫，扎起马尾，穿上短靴，那种和自然最亲近的交流方式，让小希找到了更真实的自己。

3

小希和沈熹微都是勇敢的女孩子，静水流深。

在茫茫大海中，她们的经历让很多人不再迷茫。

4

我曾想象过自己在某个清晨醒来变成另一个样子。内心像是酝酿着一场雨水，想要变成一滴水。

可是刚成为房奴的时候，我感觉自己要疯。那段时间，我真的郁闷到常常失眠，总是觉得人是不能好好地活在当下的，就像我每次在长时间的沉默后说出的那些刻薄的语言，好像只有让我发泄出来，才能抵消一点对现实的不满。

然后，人生就充满了困惑和遗憾。

所以在那个雾霾警报的下午，我突然意识到，原来我的生活并不像自己所想的那么好。我觉得自己就像菜缸里被腌的大白菜，慢慢地发酵变酸，变得只剩一种滋味。

那个下午，我突然回味起了一些细枝末节，就像拨开云雾见青天。回忆到最后我得出的结论是：就算是一叶障目，我也要与天籁讨半音充耳。

后来我开始改变自己，开始学会接纳和变得温柔，开始更努力地工作与学习。

当内心变得更有韧性的时候，我突然发现，自己已经走过了自认为最失落的低谷。

5

“人生最漫长的那些夜晚，如同一条黑暗的隧道。山坡外云霜雾雪，和自己都没有关系。一步步走过去，终于走进晨光暮色。回头望望，却只看见平常的山野荒原，城楼高架，似乎那条隧道从来没有出现过。但我们知道，它真的存在。”

正如有些路，终究需要独自去走，任谁也替代不了。

雾霾会散，天总会亮，你总会变得更好。

每一天，我们都有机会成为更好的人

1

起初，我在朋友圈见到小倩的时候，她已经是电视台的一名记者了。大学毕业之后，我们很久没有联系。

我们是大学同学，同窗四年，在朋友圈乍一见她的照片，我差点没认出她来。她仍旧单身，却每天东奔西跑，去有趣的地方采访，体验丰富多彩的人生。同龄的姑娘都争先恐后地想要把自己嫁出去，而她一点也不着急，她自己买了房子，工作之余还开了一家日料店，体验各种美食。

再后来，我看到她的消息：她结了婚，老公高大帅气。

小倩有很多人没有的勇气，她会把自己对生活的想法付诸实践。比如，她在大四的考研复习阶段，每天都会去教室自习，与密密麻麻的试题为伍，而很多人还在醉生梦死，对未来充满迷茫。

这大概就是一个人最好的状态，随遇而安，每一个阶段都在充实自己。她也有特别迷茫的时候，比如单身的时候，看到别人秀恩爱，她的内心其实也是羡慕的；比如减肥时的自己，曾经一天只吃几片苹果，觉得整个人都要饿得虚脱了。那时的她，觉得能痛痛快快地吃一场，都是特别奢侈的事情。

可是，当她收到硕士研究生录取通知书的那一刻，当她结婚的那一刻，她觉得，这真的是很好的一生啊。

昨日的种种，都会成就今日的你。你走过的路，流过的汗水，都会变成成长过程中闪闪发光的钻石。

2

“对于大多数人来说，我们都是普通的，没有那么多的先天资源，但是，后天的努力会改变我们自己。”说这句话的时候，秋秋已经不再是那个 22 岁的小姑娘了。

秋秋 22 岁刚工作的时候被客户骂哭，25 岁仍觉得自己是螺丝钉，随时可能被替代。26 岁是她加薪最快的一年，工资升了 30%。除了春节休息四天以外，她每天上班，忙到各级领导都说：“你明天休息一天吧。”其实没人逼她，她就是不做心里不踏实，只要结果好，就感觉一切都值。

焦虑得睡不着的时候，秋秋早上 6 点出门跑六七公里，兴奋了一上午。刚开始还会崩溃到大哭，但崩溃完了发现这堆事还是你的，有工夫崩溃还不如赶紧干活。

27 岁，她当了经理，再没退路，以前觉得天塌了有经理顶着，现在自己成了那个高个子。她开始学习财务、HR（人力资源）和经营层面的知识，也更有全局观。

我们经历的每一件事，遇到的每一个人，疼痛、快乐、忧伤、迷茫，都是我们逐渐找到自己、发现自己、认知自己的过程。

3

我们都有可能把生活过得很糟糕，每一次充实自己的过程也没那么轻松，但是我们的内心会在潜移默化的锤炼中发生改变。如果你总是停留于自己最初不成熟的心境，那不是单纯，而是幼稚。

你要做一些事，你要成为一个你想成为的人，你才会发现，把时间用在喜欢的人和事上，真的很好。

或许很多年后，你回忆自己的人生，会笑着感叹时光如梭，是磨砺让我们变得勇敢坚强。就像陈绮贞说的：“逐渐变成大人的我们，还好每一天都有机会成为更好的人。”

若无处依靠，就给自己个拥抱

1

李密第一次见到葛小姐的名字，是在一篇书评里。

书评刊发在一本主要面向 20 ~ 25 岁年轻人的杂志上，导语是加粗的楷体字，写着“人类的安全感并非主要来源于食物和钱”。葛小姐的名字安静地躺在这行字上面。

当时，李密刚刚从小镇考到北方车水马龙的城市读大学，父母给的生活费不足以体面地生活，每天除了学习，她还接了三个初中生的家教，忙得连轴转。对于葛小姐这句话，她嗤之以鼻。

站着说话不腰疼，她想。

后来，葛小姐到李密的学校做活动。提问环节，李密想了又想，举手问道：“葛老师，您认为您的安全感来自什么？”

这个问题与当天活动的主题并不切合，葛小姐愣了一下，有短暂的冷场。经验丰富的主持人赶忙救场，打趣说：“活动时间有限，葛老师的安全感来自今天不要加班。”

大家都笑了，葛小姐记住了站在人群中手足无措、脸窘得发红的李密。

活动结束后，葛小姐在人群里找到了李密，送给她一本新的手账本，扉页上除了她的签名，还有一句用蓝色墨水写下的话：“只有不依赖别人，才有可能获得安全感。”

李密有点感动，怯生生地问葛小姐要了她的微信号。

2

大二那年，李密拿了全额奖学金，日子稍稍好过一些。她花了一些钱，买了当季流行的衣服和人生中第一双高跟鞋。她喜欢高跟鞋踩在地上发出的“咚咚”声，这声音拉近了她与自小生活在城市的同学的距离，让她感到很安全。除了做家教，李密也接礼仪小姐的活儿。

她个子高，长得清秀，白白净净的招人喜欢，第一次去面试礼仪小姐就被车展项目负责人看好。往后隔三岔五，她总能接到项目助理打来的电话，邀请她去展会活动做礼仪小姐，一次活动能赚几百或一千。

钱是够花了，但李密还是觉得少了点滋味。除了她，同寝室的女生都有了男朋友，一起去自习、去踏青，说一点儿也不羡慕是假的。

她是有喜欢的男生的，男生是历史系的学长，像小太阳一样的暖男。每次她和寝室女生吵架的时候，她总爱对他倾诉，一来二去，便对他产生了一种莫名的依赖，像鱼依赖着水，不论什么事情，只要他说“你做得没错”，她就相信她真的没有错。

但她隐隐觉得她与学长没有在一起的可能。他在这座城市长大，两人家境相差太多，她对未来最长远的规划是留下来。而他一出生就已经轻轻松松地拥有了这个资格。

最重要的是，学长是个“中央空调”，他对每个女生一样好，依赖他的女生扳着指头数都数不过来。

她在微信上问葛小姐，说：“我羡慕别人享

受恋爱的快乐，可是我喜欢的男生家世很好，我担心我们没有结果，又不舍得错过他，我该怎么办？”

葛小姐很快回复她，说：“你努力成为最好的自己，并不是为了和他在一起，无论有没有他，你都要学着依靠自己获得快乐。”

3

电视剧《我的前半生》里，罗子君被陈俊生抛弃，败给长得不如她好看，心地也不如她纯善的凌玲。

当罗子君终于凭自己努力，进入陈俊生所在的公司工作后，她对陈俊生说她要做自己的保护伞。因为他的离去让她明白，除了她自己，这个世界没有任何人可以一直做她的保护伞，为她遮风挡雨。

这是一个女人用小半生的时间与命运死磕，用痛得体无完肤作为代价得来的礼物。

总有姑娘傻傻地问喜欢的男生：“如果我和你妈同时掉到河里，你会先救谁？”

生死之间，机会只有一次，没有人必须选择你，即使你们相爱至深。你要知道，世界很大，人山人海，很多时候唯有自己可以依靠。

你要掌握自救的本领。无论在职场还是在情场，能够自保的姑娘，即使没有混得风生水起，也会努力生存下去，强韧如野草。

你要拼命强大，向着太阳的方向生长，职场与情场，都是不流血的修罗场，倘若你不强大，只能任人踩踏，被迫出局。

4

小时候，我们向往长大以后的自由，却又在真的长大以后，怀念幼时被大人保护的时光。那是一段无忧无虑的时光，最大的疼痛不过是膝盖磕得鲜血淋漓，父母看起来比我们还要痛，而所谓的代价不过是留下一块印记，不痛不痒。

父母不会保护我们一辈子，没有一个人可以永远在你流血之后，为你涂上紫药水，再喷几下“好得快”。所谓的贵人，不会一直都在。我们好不容易期盼来的长大，是独自面对整个世界，痛了累了，你要依靠自己，想要快乐或幸福，也要依靠自己。

因为，纵然人山人海，只有你永远不会离开自己。

愿你永远不放弃自己，也愿你许自己快乐，纵然不够强大，也绝不会忘记自己是自己的保护伞。这一生，你要承担起为自己遮风挡雨的责任，无论何时，在所不辞。

生活的样子，说到底是你自己决定的

1

某天，我和小可爱约饭，小可爱不开心地说，她的室友开始和她冷战了。我问她怎么了。她说，之前她们都一样四五千的工资，一样单身，然而不久前，她跳槽了，月薪 8000 元，并且有了男朋友。于是，室友看她不爽了。

为缓和关系，小可爱请室友吃大餐。吃饭的时候，室友忍不住说："你运气多好啊！能力不怎么样，还能找到月薪 8000 元的工作；长得也一般，还能找到帅气多金的男朋友。"

小可爱很郁闷地回应："你别看我现在这样，我很惨的时候，你也没看到啊。我去年来北京的时候住在隔断间，隔壁男生说个梦话我都能听见；刚工作的时候，我每天上班要工作，下班还要学习怎么做好工作，我也不是那么容易拿到这 8000 元月薪的呀。再说，我现在不是也常常加班吗？何况，你又不是不知道，我之前割了双眼皮，信用卡还欠了很多钱呢。”

听完这些，室友没再说话。

我想，当朋友之间开始用比惨才能继续交往下去的时候，大概这段关系也到尽头了。

双方都在谷底的时候，可以愉快地玩耍，当小可爱逆袭了，室友却心理不平衡了，觉得小可爱运气太好了。她也不想想，同样9点上班，小可爱7点起床化妆收拾，打扮精致去上班，她8点半才起床匆匆忙忙洗把脸出门；下班后，当小可爱忙学习专业知识、忙开拓新业务的时候，她已经沉迷于看偶像言情剧了。

你把时间花在哪里，你就会变成什么样的人。吐槽别人运气好的时候，先看看自己每天在忙什么。

2

学妹小暖前一段时间来找我，让我教她写作。

我给她推荐了几个作者的公众号以及一些经典的书籍，告诉她写作要注意什么。我也将自己写作上的小伙伴的联系方式给了她，告诉她有任何不懂的都可以去问。

学妹感激地说：“真的谢谢你，我一定好好写。”

过了一周多，她兴高采烈地发给我一个文档：“我写的第一个故事，快来看看啊。”

我心想新人写文的质量估计不会太高，但也说不定很有天赋呢。我还是抱着鼓励的心态打开了文档。但我还是高估了她写的文字，写作也是要有天赋的，如果没有，那就要非常努力，以弥补自己的不足。我想她属于后者。

我问她："你最近看了什么书啊？有没有开始积累素材啊？"

她说："我看了几个公号的文，觉得他们写得挺好的。素材我还没有开始积累呢，感觉这是一个很麻烦的工程。"

我说："积累素材确实需要过程。"

学妹说："我以后再弄吧。"

我叹口气，说："那你加油哈，慢慢来，总会好的。"

过了一个月，我又去问她："你的文写得怎么样了？"

学妹说："哦，不写了。好不容易写一篇，都没有人转发，累死宝宝了！我觉得我根本做不成才女，我还是好好学化妆，先做个美女吧。"

后来在朋友圈，我看到她买了一系列彩妆用品，却没见过她化妆后的照片，后来才知道，她觉得自己是油性皮肤，化妆晕染，已经转战去学手绘插图了。

我很想告诉她，你连素描的基础都没有，怎么能画好手绘插图呢？但想想还是算了，毕竟她只有三分钟热度。

你连坚持都不懂，还谈什么想过自己想要的生活呢？

3

很多人，迷茫的时候都会自我怀疑：我适不适合这份工作？我适不适合这座城市？为什么我这么努力，还是得不到回报？

当怀疑遇上失败，其中的负面化学反应则会越发剧烈。

真的是这样吗？

未必。实际上，生活中的我们，大多数都是普通人，而普通人的成功依靠的就是坚持，拼尽全力才能看上去轻而易举。也许你看到别人云淡风轻，但那都是他们披荆斩棘、努力奋斗之后的结果。没有什么毫不费力的成功，也没有横空出世的黑马，在这个等价交换的过程中，不管多努力都不为过。

当你羡慕别人的时候，当你吐槽别人运气好的时候，当你决定开始做一件事情的时候，不要去想别人多么光鲜，先想想你付出了多少，你能为此做些什么，还能为此坚持多久。

4

就好像谈恋爱：为了自己喜欢的人跑到对方的城市去上学或者工作，等到分手的时候就会觉得分外不甘心——“为什么我付出了这么多，你还要这样对我？”

他们觉得自己已经付出得足够多了，却依旧没有一个圆满的结局。从某种角度来说，与其将所有责任推卸到别人身上，不如先反省下自己，当初的决定难道是有人绑架你、逼迫你做的吗？

我们要为自己的决定负责。

这样的道理推而广之，你的付出与努力也是为了对自己负责，而不是为了得到别人的肯定。你走的每一步、流的每一滴汗，都将融进你的能力中，点亮你未来的路。

当然，也正如有的人所说："有时候不努力一把，你都不知道什么叫绝望。"这个世界本来就不公平，大家的起跑线也不一样。但是天道酬勤，功不唐捐，你付出了自然就会有回报。即使没有公正的裁判，你的付出依然会让你更加有底气去争取自己想要的生活。

为什么很多人，走着走着就散了

1

高中时，小莫在文科班，班里男生少女生多，女生多的地方通常八卦多。小莫喜欢听八卦，但不喜欢被人八卦。想要不被人八卦，最简单的法子是少与人走动，所以当时，她的朋友屈指可数，S 是其中之一。

小莫朋友虽少，却与 S 维持了很多年友谊，直到大学毕业，她们依然是朋友。

如果不是因为后来的事情，她们大概会是一辈子的好朋友。

那一年，S 结婚，几个朋友一起参加婚礼，M 是她的伴娘。

当时，大家都刚刚工作不久，手头不很宽裕，礼金只是象征性地给了一些。婚礼结束后的某个晚上，S 忽然在群里抱怨，说：“你们给的礼金那么少，我老公说我的朋友太抠门了。”

同学们有些不高兴，M 性子直，怼了回去，说：“最抠

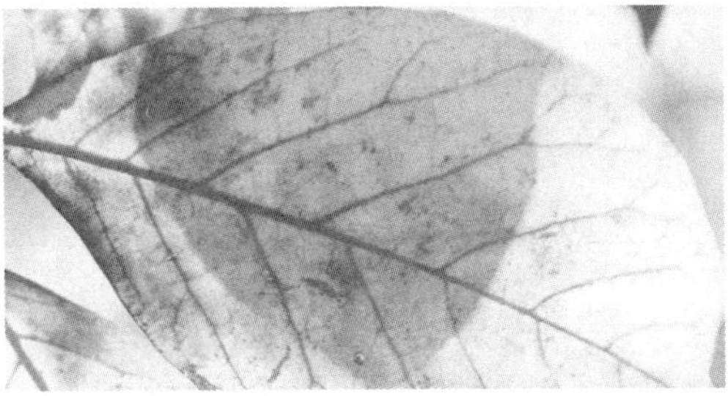

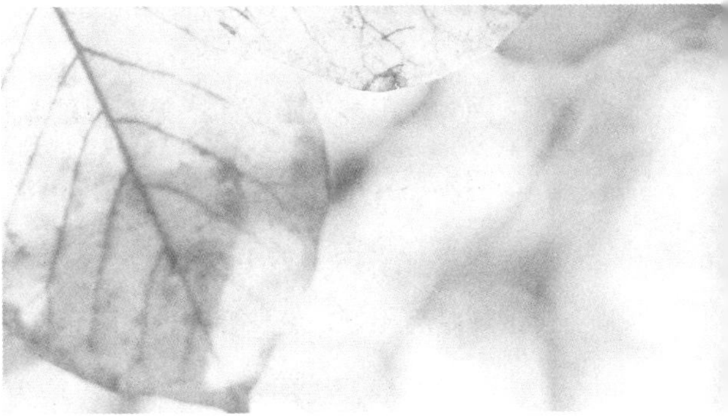

门的是你老公，我辛辛苦苦当了一天伴娘，伴娘裙是我买的，妆是我自己化的，要不是看在你的面子上，我早就翻脸走人了。”

S不肯示弱，说：“我们两个刚刚工作，手头比较紧，你理解一下不可以吗？干吗这么尖酸刻薄？”

M呵呵笑了笑，说：“难道除了你们两个，我们都工作很久了吗？”

当晚，这个群被解散，S与小莫成了朋友圈里的朋友，此后，S不断打着“为你好”的旗号，以过来人的身份劝单身的同学们早点结婚。

当然，被劝婚的对象里没有M，M说她们两个已经互删了微信。

一次，小莫请了三天年假，连同国庆长假一起休，去了莫高窟。回来，小莫在朋友圈发了一张莫高窟的照片，S看到了，马上评论留言，说："你一个单身大姑娘，赶紧找个男朋友来疼你，自己一个人出去玩没意思又不安全，下次可别干这么危险的事了。"

小莫装作没看见，没有回复她。

那天晚上，小莫在微信里删除了S，从曾经的无话不谈到现在的无话可说，小莫并不后悔。

因为，很多人走散了，是因为彼此三观不再合拍。

如果只是三观不再合拍，也可以是朋友圈里的点赞之交。如果总是将自以为的幸福定义到所有人的身上，用自己的眼光评价别人生活得好与不好，这种行为，突破了交往底线，会让别人很不舒服。

归根结底，交朋友这件事情，是为了让自己开心，如果你的朋友总是让你感到不高兴，那么散了也无妨。

2

一个刚刚工作的男孩，第一次去女朋友家拜访，给女朋友的父母包了5000块钱的红包，还细心地带了家乡的特产。

女朋友的父母对他还算满意，女朋友却和他分了手。她说："你第一次来我们家，只给我爸爸妈妈包了5000块钱的红包，是不是有点小气？”她觉得男孩并不像他所说的那样爱她，重视她。男孩摸摸女孩的头，不知道该说什么，沉默了一会儿，就转身离开了。

女孩不知道，男孩的工资并没有他所说的那么高，他一个月的工资只有4000块钱，其中有一部分要用来还助学贷款，一个月前刚刚还清。这一次拜访她的父母，他几乎花光了所有积蓄，卡里只剩下回去的火车票钱。

他从来没有想过给她一点压力，因为怕她担心他过得不好，才谎称自己每个月可以拿一些提成。他打算这次回去后，换一份工资高一点的工作，开始攒钱付房子的首付，想给她一个惊喜。

不曾想，他因此而失去了喜欢的女孩。

有人说，这件事是男孩的错，感情的事情应该两个人一起努力，他却总想一个人承担。但感情的事没有对错，我只为女孩感到遗憾。

因为不够成熟，所以她轻易指责他人，不去思考他承受着什么，经历了什么。倘若她可以成熟一点，他们两个现在应该过得很幸福吧。

我很喜欢和成熟的人交往。他们有故事却不会深夜买醉，更不会借着酒劲夸夸其谈。聊天时，他们是善于倾听的人，不会规劝，只会支持你做出的决定，态度自信且谦和，让你感到舒服自在。

3

我们永远不会知道别人的生活中发生了什么事情，我们看到的只是表象，所以不要随意评价或指责他人。

刚做编辑那一年，我和一个作者约稿，约定签订合同之后一个月交稿。

到了交稿的那一天，他说晚上稍晚些把稿子给我。

我等到大半夜，没有等到他的稿子。我气急了，给他 QQ 留言，说："你这样不守信用，以后还怎么合作？"

留完言，我以为他会回复我抱歉的话，可直到我第二天到了公司，打开电脑，他的 QQ 仍没有只言片语。

中午，我吃完饭，才接到他打来的电话。他不断道歉，说昨天他的妻子提前生产，刚刚生下了一个女孩，等妻子出院，陪妻子回了家，他马上把稿子发给我。

他的语气有点急促，似乎担心我会责怪他。我忽然有点羞愧，不是因为他事出有因，而是因为我在 QQ 上给他的留言，急躁又霸道，以为自己占据了道德的制高点，其实不过是因为不了解他人的生活而表现出来的一种肤浅罢了。

我郑重地因为 QQ 留言向他道了歉。他说理解，还开玩笑说我是第一个向他道歉的编辑，感觉有点受宠若惊。

他的妻子出院后，他如约交了全稿，之后我们的合作也很顺利，他再没拖过稿，我们也成了很好的朋友。

我常常在想，如果当时我没有向他道歉，或者他看到了 QQ 留言很生气，不给我打电话，我们两个会不会做不成朋友。最大的可能是，我们会有业务上的合作，但彼此心里都憋着一股气，造成工作中的不愉快，渐渐走散于人海。

生活中的所有事，都不是简单到只能用对错来衡量的。做一个成熟的人，设身处地为对方着想，这样才能长久保持友谊。

最好的关系，是彼此成就

1

林冉埋怨自己的男朋友对自己没有以前好了，生活枯燥得像是大叔的秃顶，放眼望去，一览无余。

说这句话的时候，林冉正跷着二郎腿嗑着瓜子玩着手机游戏。她边玩边说：“这游戏还有英文，毕业这些年，英语单词我都快忘完了。”

我看着眼前的林冉，两年前苗条的身材现在已经臃肿得像是怀了孕，坐公交车不用说话都有人给她让座。

林冉的男朋友在刚相恋时对她很好，把她当小猪一样喂养。

后来因为工作压力太大，林冉开玩笑说：“真的不想上班，好想睡到自然醒，要不你养我吧？”

本来是一句玩笑话，但是她的男朋友第二天就联系了她的公司

替她辞了职。

那天下着小雨，林冉收拾好准备出门上班。推开门，男朋友打着伞，拿着玫瑰，对她说："亲爱的，今天起你不用上班了，我养你。"顺便递上一张卡，接着说，"这是我所有的积蓄，交给你保管，你也可以随意刷。"

林冉当时觉得天上下的不是雨，而是馅饼。从那天之后，林冉安心做起了家庭小主妇，学着做了两天饭，觉得太难了，她便开始天天叫外卖。心血来潮收拾了几次家，她觉得太辛苦，后来就放弃了，拖鞋、袜子到处丢。

后来，林冉发现玩游戏真的是又能开发智力又能打发时间。

男朋友刚开始的时候觉得林冉特别可爱，即使是煮煳了的饭他也会笑着说好吃。

即使家里乱糟糟，他也觉得两个人待着舒服就好，其他都不重要。

看到林冉蓬头垢面通宵玩游戏的时候，他还会心疼地给她熬粥做夜宵。

可是一年后，林冉的男朋友越来越沉默，并不是因为他喜欢上了其他人。而是他发现，和林冉在一起的这两年，好像除了刚开始的浪漫，后来每一天的生活都是在重复，没有了对未来的美好期待。

2

在一个出差回来的夜晚，回到家，林冉没有很热情地去拥抱他，而是趴在沙发上用心玩着手机游戏，他看了看像是仓库一样的家，冷冰冰的没有温度。

那一刻，他终于忍不住爆发了：“你看看你现在的样子，你和等着被宰的猪有什么区别？每天都在吃，都在玩游戏，猪是等到自己养得肥肥的被别人吃掉，你现在已经被你的懒惰吃掉了，你知道吗？”

林冉大哭起来：“不是你让我辞职的吗？你说了那么多好听的话，你不是说养我一辈子吗，怎么短短两年你就不耐烦了？”

男朋友说：“如果我知道我养的是一个好吃懒做的姑娘，那我还不如养一只猪，养猪还能杀了卖钱！”

林冉被他这一句话逗笑了，但是她的内心也开始空落落地痛。她忍不住冲出家门，外面又下起了雨。

林冉一个人走在雨里。她想了想这两年的自己，真的像寄生虫一样活在这个世界上。她把男朋友的爱当成了全部，也把自己的人生都寄托到了别人身上。

这两年，她没有因为做饭不好而去学习烹饪，甚至没有为男朋友准备过一顿像样的早餐，也没有因为对美好生活的期待而把家收拾得温馨整洁，更没有好好经营自己。

那场大雨淋湿了一个季节，也淋醒了林冉。她觉得自己辜负了那么多好时光，还自以为是地以为那就是生活最好的样子。

她返回家，收拾好行李，对男朋友说：“谢谢你这两年对我的爱，我并不是离开，我们重新来恋爱吧。”

3

改变自己并不是一件很容易的事情，林冉觉得自己像极了一部电影里的那个女孩。

电影中的女孩宅得惊天动地，基本不出门，不爱晒太阳，以上网购物满足日常所需，整个房间都是各种快递盒、包装袋。她睡在一堆泡沫塑料里，每天的生活极有规律。她对同类生物有着莫大的恐惧，不能听进去一句坏话，恨不得避开所有人的目光，成为隐形人。她宁愿在家折腾着360度拍自拍照，也不愿意整理一下自己的小屋。可是电影的最终，那个女孩还是勇敢地走了出来，带给这个世界大大的笑容。

林冉觉得自己也必须走出来。

改变自己的第一步：断舍离。

有人说，你减肥、节俭、努力工作、待人有礼，这不是为了取悦别人，这应该是一种自身向上的力量。说得大一些，这是一个人所谓的生命的意义，不单纯是享受、放纵、索取、消耗。一段关系之所以能够被称为关系，是因为在这段关系中的两个人是能对自己负责的独立个体。

她改掉了每天玩游戏的习惯，改掉了半夜吃零食的习惯，舍去了不必要的社交和饭局。

每天跑步 5000 米，尽管每天浑身酸痛，林冉却觉得每天都变得更加有意义了。

她找了一份收入不多但是自己很喜欢的工作——在离家不远的一家花店做服务员。

每天下班后，她都会带一束花回家，整个小屋顿时变得温馨起来，她的生活也变得像花儿一样色彩缤纷。

4

在搬离男朋友住所两个月后，她第一次约了和男朋友见面。

那天见面，两个人好像又回到了初恋。她觉得他依旧温暖，他觉得她更值得自己守护。

之后的生活中，林冉时常给男朋友带去用心制作的小点心，男朋友也会不定时给她制造点小惊喜。

林冉利用周末学习了插花和茶道，有时间还会去练练跆拳道。她觉得自己变得越来越自信，也更期待未来的自己变得更好。

两个人的生活，好像在平静中找到了更多乐趣。彼此都在为了对方，变成更好的样子。

在千回百转之后，他们变成了彼此的依靠，用尽全力帮助对方离开了那片生活的沼泽。

最好的关系，是彼此成就。对未来的真正慷慨，就是把一切献给现在。

Part 2 我有故事和酒，你带我走吗

每个人都有自己的故事，或悲或喜或无奈，或深情或绝望或纠结，不深入接触，你永远不知道，那些擦肩而过的陌生人，心里装着怎样的故事。

“曾经我也有过小鹿乱撞，不过现在好了，它撞死了。”

——是以为记

恋爱这件事，出场顺序真的很重要

“就像紫霞喜欢至尊宝，至尊宝喜欢白晶晶，白晶晶喜欢齐天大圣，齐天大圣喜欢紫霞，你以为齐天大圣和至尊宝是一个人，但是他们相差了500年，一切都对，除了时间不对。人的出场顺序真的很重要。”

1

卖柠檬茶的店里，人很多，里面是一对年轻的忙来忙去的小情侣。

女生在不停地切柠檬找零钱，给杯子封口。

她突然转过身小声地对男生说：“你知不知道，我真的很累。”眼泪就掉下来了。

男生没有一秒迟疑，冲后面喊了一句：“不好意思，今天不卖了。”

然后拉下卷帘门。

小鱼就是后面的顾客，她没有等到那一杯柠檬茶，但是她心里暖暖的。

回家的路上，小鱼想到了他。他们相差10岁。小鱼读初中的时候，他是他们的体育老师。

那时候，小鱼每天都会到篮球场上看他打篮球。15岁的小鱼，当时在心里想：等我长大，能给老师当女朋友就好了。

因为有些人爱而不得，所以才显得终成眷属的珍贵吧。

为了能引起他的注意，小鱼努力学习，努力变成更好的人。

课间的时候，小鱼在本子上一遍一遍写着他的名字，每次体育课看到他，都觉得那天的阳光特别好、天空特别美。

她甚至想象过他们将来的婚礼，要在美丽的海边举行，她连婚纱和鞋子的样式都想象了无数遍。有时候，小鱼会在梦里笑醒。可是，老师好像从来都没有注意到她。

小鱼在中考毕业后听到老师结婚的消息。老师的女友是个空姐，温婉可人，小鱼在同学发的照片里看到了他们的结婚照。照片里，空姐眼里眉间，都是甜蜜笑意。

小鱼心里酸酸的，但是依旧感谢在自己青春懵懂时，有那样好的一个人，成为她内心的指引。

纵使世间千万条路，好像任哪一条都不能与他同行。

2

柠檬先生说，爱而不得其实也不是什么很特别的感觉。就是在做一些事情的时候老是想如果你在身边就好了，想了好久才觉得自己又在做梦了，明明知道你不是我的，却还是想你是我的。

很多人都听过《漂洋过海来看你》那首歌。

1991 年，娃娃金智娟坐在一间小食肆里，向李宗盛讲述了自己的苦恋。

生长于台湾地区的她，结识了北京诗人阿橹。当时的阿橹已经结婚，他们又相隔两地，娃娃却依旧难逃情爱的罗网。

爱而不得，山长水阔的惋惜凄恻，说时不过 5 分钟。李宗盛递给娃娃一张连锁牛肉面店的餐垫纸，透过油渍，飘出的便是耳熟能详的动人旋律：

为你我用了半年的积蓄
漂洋过海地来看你
为了这次相聚
我连见面时的呼吸
都曾反复练习
……

令人难过的不是歌词，而是歌词背后的那个人。娃娃的故事里，陌生的北京有漫天狂沙，风再起时，连人的面目都模糊起来。爱得太深邃，就像是风湿骨痛，晴天的时候以为自己没事，一到阴天连绵又觉得痛彻骨髓，想忘却又忘不掉，想恨却又恨不了。

3

我听说

喜鹊喝多了可乐会变成乌鸦

欢迎光临说多了会变成谢谢惠顾

你的猫太喜欢你会变成兔子

啊，还有，太害羞的人会把想说的话藏在句首

可是，多少人连藏头诗都不敢写，或者写了又不敢送给自己心底的那个人。电影《匆匆那年》里的乔燃说：“我喜

欢你，怕你知道，又怕你不知道，更怕你知道装作不知道。”

或许我们都曾有过最懵懂的暗恋，都曾想象过那个人如今的样子。

朋友暗恋一个人整整10年，虽然那10年她不曾拥有他一秒钟，但是他在她心里好像已经被拥有了千万次。朋友为了他努力成为更好的姑娘，努力变得勇敢，努力变成他喜欢的样子。可是，纵使做了万般改变和努力，依旧是无缘无分。

再后来，他们各自结婚，在每年的同学聚会上，偶尔还会遇见。他们都放下了心中的那份执着与不安，像是最普通的老同学。

相视一笑，便抵过千言。

我想起很多年前看到的一段话：

陈家洛不愿负天下人，便负红颜，一个为他香消玉殒，一个因他寂寞余生。也许他的命运早早已是注定，在那条注定的路上，没有预设爱情，以及幸福；张无忌放弃了江湖与江山，他把幸福给了赵敏，却把牵挂给了小昭，把漂泊给了蛛儿，把恨给了芷若；杨过和小龙女最终做了神仙眷侣。也许他知道，也许他不知道，程英和陆无双为他负尽青春抛尽韶华，郭襄为他天涯思君念念不忘，也许他记得，也许他不记得，曾经有一个叫公孙绿萼的姑娘把一生停驻在他一刹那的目光里，而他所能给的，也只能是一曲清箫、三枚金针或者某一刻的眷顾而已。

太多的相忘江湖，一别两宽。

4

恋爱这件事，出场顺序真的很重要，陪你喝到烂醉的人，注定不能送你回家。

当爱一个人成了最孤单的心事，也便让我们懂得了两情相悦的难得。

暗恋是一出自编自演的小成本的戏，还不能公映。在以后的岁月里，观众也只剩自己，自悲自喜的小确幸。

但是，我们也要感谢那个爱而不得的人，是他让你的生命中有一段仅供自己回忆的恋爱时光。

一个人的爱恋，纵使只是独角戏，纵然伤痕累累，多年后回想起来，感觉也很美。

两个人的频率不对，再多喜欢也会累

1

安欣和男朋友的对话是这样的。

安欣："最早的通信方式是什么？"

在角落里低头看手机的男朋友幽幽地传来一声："托梦。"

男朋友的兴趣爱好分为静态和动态两种，静态就是睡觉，动态就是玩手机。

安欣觉得和男朋友在一起的自己快要变成一个小怨妇，控制不了体内的洪荒之力和焚寂煞气。

大学的时候和男朋友一起做作业，她遇到了不会的题目问他，他看了半天，安欣就在他耳边温柔地说："做不出来我就亲你一下。"结果男朋友一把推开她，果断地说："不，我做得出来。"

有一次，父母不在家，安欣和男朋友一起用家里的烤箱烤玉米，他过来抱住她，她刚闭上眼，结果就听男朋友说："你知道烤箱的原理是热对流、热传导，还是热辐射？”

和男朋友逛街，看到一个姑娘，安欣羡慕地说：“那姑娘的胸好大！”

男朋友只是淡淡地回应：“都是结缔组织。”

她和他好像永远都不在一个频率上。他们在一起五年，安欣觉得男朋友总是不够懂她，而男朋友总觉得她是在无理取闹。

最终，他们越来越远，成了最熟悉的陌生人。

陈绮贞之前有首歌里有句歌词我印象很深：“带不走的、丢不掉的，就让大雨侵蚀吧。”

有人说，不要着急，愿你嫁给爱情。不要匆忙地找一个人凑合，毕竟频率不对，怎么能携手共进呢？

2

电影《从你的全世界路过》中，我很喜欢岳云鹏扮演的猪头。8年前，燕子因为被认为偷了2000块钱而被记了警告处分，她拼命地解释，可没有一个人相信她，除了猪头。也许因为这份唯一的信任，他们在一起了。后来，燕子出国，他们开始了艰难的异国恋。8年后，猪头满心欢喜地准备向燕子求婚，可等来的却是一句分手，猪头笑嘻嘻地对燕子说没事，幸好没领证，在关上出租车后备厢时，猪头还是笑着的。

燕子说：“再见。”

猪头扒着车门说：“再见，我们会再见的吧？”

猪头开始追着车子，大声地哭：“燕子，你把我也带走吧……”

猪头给了燕子生命的全部，可燕子对他只有感激，没有爱情。

当燕子陪猪头“演完”订婚典礼，我想猪头的心里一定充满了更多的苦涩。他在飞机场等来的，不过是想要乘船去看看浩瀚海洋的另一个人。

很多人还是会无数次幻想和他在一起后的场景，无数次幻想他们突然和好的场面，就像大团圆的情景一般，燕子回到猪头身边，说一万遍“我喜欢你”。

可生活终究不是电影，多的是现实，他们真的回不去了。你可以难过，放纵地哭一场，也可以给自己一段时间治疗这段伤，但在下一场舞会开始的时候，还是要热热烈烈地爱。

3

有人说，当你下定决心爱一个人的时候，全世界都会帮你；可当对方不喜欢你，想离开你的时候，全世界也都会帮他。

爱有一万种方式，而不爱只有一种，那就是冷漠。

朋友在学生时代喜欢上一个男孩，很认真地给男孩写信，男孩从来不看；很认真地给男孩买零食，男孩从来不吃；很认真地和男孩说话，男孩的回应只有三个字：“放弃吧。”

朋友说：“哪怕他不说话，我只要静静地存在在他的生活中，知道他过得好不好，我就很开心了。”

可是他没有给她存在的机会，哪怕是作为朋友的位置也没有。

就这样义无反顾地喜欢了7年之后，男孩身边的女朋友换了一个又一个，对她始终没有回应，而朋友也筋疲力尽。她说：“我再也没有一个7年，来喜欢一个人了。”

在爱情中，如果你觉得很累，那就算了吧。

不管你做多少次妥协，多少次理解，到最后都是徒劳无功，根本入不了他的眼。好的爱情，是不该这样为难自己的。

所以，频率不对就放弃吧，不要再傻乎乎地问为什么，因为感情里没有那么多为什么。你必须活得出彩，才能对得起离开的人和你珍贵的眼泪。

余生就不用指教了，我自己瞎过吧

1

朋友秦简还记得女朋友和他分手的时候，对他说：“余生就不用指教了，我自己瞎过吧。”

秦简端起一杯啤酒仰头一饮而尽，他不知道为什么那天的啤酒格外苦，没喝两杯便吐得稀里哗啦。

那个画面无论过了多少年，秦简都会记得。

他是真的喜欢那个姑娘啊！那个说话大嗓门，唱歌总跑调，那个会把他的破洞牛仔裤缝起来，那个打嗝、放屁能同时进行的女战士。

在秦简心中，她更像是他的雅典娜。如今，她的守护神早已不是他。

他们是彼此的初恋，说过那么多动情的话，却也做了那么多让彼此伤心的蠢事。

秦简第一次遇见女友时，不知道怎么搭讪。他走过去直接躺地上，

说：“同学，你男朋友掉了。”一般人估计以为他是神经病，但是那个姑娘中招了。

他们一起喝过最烈的酒，唱过最嗨的歌，吵架时飙过最过分的话。

可能后来两个人的心渐渐疲惫，没有出轨、没有吵架、没有不合时宜，只有更多的太过熟悉，让他们的爱反而成了负担。

分手那天，他看到女友手机屏幕上的那句话：“你是年少的喜欢，这句话倒过来，也是你。”

最终，他们的爱，败给了时间和无止境的争吵。

秦简和女友分手后留在了北京，而女友出了国。

秦简在北京并没有过得很糟，他有了自己的摄影工作室。而那个大大咧咧的姑娘，再无消息。

10 年后，他们大学同学毕业聚会，秦简参加聚会的时候看到了 10 年未曾见面的她。此时的她早已不像当年那样疯癫，虽然说话、喝酒依旧那么豪爽，但是多了几分优雅。

秦简也并没有像某些同学那样到了中年成了发福的大胖子。在经营事业的同时，他也努力经营自己的身材。他不想让他们的重逢变成狗血的唏嘘。

所幸，他们都变成了更好的自己。

酒喝到最后，他们相视而笑，礼貌告别。

那么多年，那些眼泪终究还是流在了心里。

2

男生叫石头，女生叫元子。

他们相识于 5 年前的一个暑假，刚读完大一的元子跑到外地去看海。就在那个海边，18 岁的元子遇到了 23 岁的石头。

元子当时像假小子，石头当时憨憨的。之后两人在更多的接触中发现，彼此都是自己心里喜欢的人。

其实，那时的元子，不仅长相穿搭都很普通，工作之后因为压力，体重飙升，还变成了一个小胖子。跟大多数爱美的姑娘一样，元子也喜欢让男友帮忙拍照，但是跟大多数被吐槽的男生一样，石头的拍照技术并不好。

在相恋的第一年，因为工作原因，两个人开始异地恋。因为每一次见面都不易，所以石头更想把元子的每个美丽瞬间都记录下来，于是他一边攒钱买相机，一边开始疯狂学习和练习摄影技术。

率直的元子觉得自己微胖的身材也是导致照片拍不美的因素之一。为在男友镜头中呈现一个更美的自己，元子也像石头苦心钻研拍照技术一样，开始了自己的减肥塑形之路，还下功夫学习穿搭和化妆，内外兼修，注意提升自己的气质。

元子真的瘦了，每一张照片都美美的，而石头在自己的形象改造方面，也没闲着，毕竟女友都变女神了，自己也不能太拖后腿。经过努力健身塑形，石头也从大叔变成了潮男。

经过一段时间的异地恋之后，石头突然辞职，来到元子所在的城市。他说，和心爱的人一起努力的每一天，都是未来。

元子说："当对方为你打开了新世界，你就不会因为喜欢一个人而拒绝整个世界。有你才叫说走就走，我最幸运的，就是在最好的年纪，有着倍儿棒的身体，和你一起去拥抱了这个世界。"

3

因为爱的是你，所以我愿意变成更好的自己。

如果不是你，或者没有那个刚刚好的人，那也不用指教了，我就自己瞎过，因为再怎样我也不愿意将就！

毕竟世界上有那么多人，哪里那么凑巧，就能遇见刚刚好的那个他呢！

你痛苦的时候，天空下的雨都夹带着冰雹；你消沉的时候，上个厕所都会把手机掉马桶里；你难过的时候，吃个汉堡都会被噎个半死；你失眠的时候，连数绵羊的勇气都没有。

你喜欢的人在哪儿，什么时候出现，都不重要。重要的是，在他出现的时候，你准备好了吗？

也许，你曾遇见那么一个人，从认识的那一刻起，就住进了彼此心里。只是那时的你们，都不是对方想要的样子，你们都想努力一点，变成对方想要的样子。

可是，真的很抱歉，有时候总是事与愿违。此时此刻，不要再说，没能长成你喜欢的样子我很遗憾，重要的是活成自己喜欢的样子就好。

听说你得了心碎这种病

“别喝了，已经是第 12 杯了。”在后海的酒吧，我一面扶着半醉的小白，一面夺过酒杯。

小白丝毫没有注意到我这弱小的手拉杯子的无力感，反倒大力一推，咕噜咕噜地喝着酒。

我急眼说道：“小白，你再喝我就告诉你妈。”

小白的妈妈特别威武霸气，绝对可以分分钟手撕小白。

小白失恋了，借酒消愁。我感觉她一直在失恋。因为她有一种不谈恋爱就会死的绝症，撩得多当然失恋也多。

但是我不懂，为什么每次失恋，小白都好像天塌地陷了一般。莫名让我想起段誉的风流老爹——段正淳。

小白迷迷糊糊地说着酒后的“遗言”：“你根本就不懂我有多么喜欢他，我要难过死了。我要是死了，肯定死于心碎，而不是酒醉。”

我连忙打岔说：“放心吧，你胃口这么好，不会死于心碎的。”

小白瞥了我一眼，迷迷糊糊地说：“你好无趣，你根本就不懂。

我就是死于心碎。”说着便站了起来，在酒吧的大厅里挥着双手。

我彻底被小白折服了，不只是因为她又一次失恋，还因为我根本安慰不了她每隔一段时间就要破碎的心。

小白一边哭一边继续喝，我在旁边无力安慰，只好点了一首她喜欢的歌，男歌手嗓音沙哑，声音动人。

简单点

说话的方式简单点

递进的情绪请省略

你又不是个演员

别设计那些情节

……

等小白哭累了，我便送她回家。回去的路上，她栽在车窗的一边，我看着她一塌糊涂的花脸。

车窗外，夜景迷人，凉风习习。

这世界每天都有人失恋，真的因失恋而死的人大概很少。对很多人而言，失恋还没有失业重要，毕竟失业真的会饿死，失恋倒未必。

失恋会难过，会心碎，心碎的破坏力究竟多大，是不是真的能让人痛彻心扉，一夜白头呢？大概真的有，不过我相信小白不会，这就像段正淳与乔峰的区别。这世上像段正淳那样的多情人有很多，而像乔峰那样一生只爱一个人的就少了。

我想小白每次失恋后的酒醉，大概就是借这个仪式感性缅怀一下自己本来就有预感要失去的感情。即便这段感情很短，她也是付出了真心的，虽然破碎的感情，她也有责任，但是她也曾真的沉迷于其中。

心碎会死人吗？

我觉得不会。

心碎能损坏身体器官吗？

这个应该会。

果不其然，我送小白回家之后，第二天，她妈妈打来电话感谢我能够把烂醉如泥的小白送回来。

在我意料之外的是，她居然什么都没有说，还对她妈妈扯谎说自己同学聚会太开心了，所以喝多了。

之后我便彻底地淡忘了她失恋的事情。

直到一天，我们再次相约去后海，她说自己喜欢上了当初我点歌的那个男歌手。

我彻底无语，大概小白要开始新的心碎旅程了。

忽然想起叶芝的那首《在杨柳园畔》：

> 我与小情人，在杨柳园畔幽会。
>
> 她轻轻踏过，小脚白皙。
>
> 她说，爱要耐过时间，如叶子随树生长。
>
> 我年少轻狂，不听她言。
>
> 河畔绿地，我与小情人相拥。
>
> 她双手环抱我双肩。

她说，生命要耐过时间，如草随水而生。

我年少轻狂，现在泪流满面。

爱情这件事，大概总是理智不起来。你可以漂洋过海、穿越人群去拥抱对方，也有可能为此烂醉如泥，心碎不已。然而大部分时候，我们不会死于心碎，反而会在一次次心碎之后，变得刀枪不入，甚至会忘记自己也曾经心碎过。

后来小白遇到了她的“心碎终结者”，生了一个可爱的女儿，生活比恋爱的时候都要甜蜜。

所以说，如果你得了心碎这种病，别担心，时间会替你治好它。时间总会把刻骨铭心稀释成云淡风轻。你带着你的天涯去了谁的海角？谁的都好，只愿你好。

年少的时候，我们不懂爱情

1

“快来救我。”

收到这条消息5分钟之后，小鹿风风火火地出现在夏子辰面前。

小鹿出现的时候，夏子辰还在被包围中。小鹿一个旋风踢腿，结果踢空了，自己直接躺在了夏子辰面前。显然包围者受到了惊吓，纷纷落荒而逃。

“不就是几只狗吗？看把你吓成什么样子。”小鹿看着蹲在墙角的夏子辰，正眼巴巴望着她。

夏子辰站起来，一米八的大个子，小鹿在他面前，瞬间像是他手边提的一只暖壶。“谢谢你的救命之恩，我请你吃好吃的。”

小鹿起身拍拍自己裤子上的土，眼冒金光地问：“吃啥？”

夏子辰看她的表情简直要笑到内伤，很爽快地对她说：“随你挑。”

结果小鹿只挑了一碗馄饨，热气腾腾中，夏子辰看着眼前的女孩，他觉得一定要给她最好的生活。

小鹿用勺子大口地喝着汤，露出傻傻的笑容，那个简单的画面，夏子辰很多年都忘不掉。吃完饭，夏子辰把小鹿架在自己的自行车上走了。

那一年，他们刚满 23 岁。

2

那一年，他们刚大学毕业，夏子辰成了一名宅男，心比天高的他每天窝在家里画漫画，而小鹿在一家广告公司当业务员。

那段日子，夏子辰真的太穷了，他画出来的画没有人要，又不屑于出去找工作，每天的收入几乎为零。而小鹿的工资一个月是 1500 元，16 元一袋的挂面她能吃 20 天。那时小鹿最大的兴趣爱好就是攒钱。

别人口中所说的“我负责赚钱养家，你负责貌美如花”，在小鹿这里就成了“不平胸何以平天下，不攒钱何以安小家”。小鹿甚至开始感谢自己的平胸，连胸罩钱都省了。

他们租的房子在离小鹿公司不远的地方，房间很小，小鹿扎着长长的马尾，在平底锅里煮挂面。那时的小鹿戴着金属牙套，笑的时候像龙猫。

某天吃完晚饭后，他们一起去公园散步，小鹿问夏子辰：“我今天吃大蒜了，你闻出来没？”

旁边有穿着时尚的美女擦肩而过，而眼前的小鹿居然问他闻到大蒜味没，看他没说话，于是撇撇嘴说，那应该就是味道不明显吧。一甩头，她像扫帚一样的马尾打在了夏子辰的脸上，夏子辰隐隐约约闻到了一股酱油的味道。

可是那又有什么关系？夏子辰依然很爱她。

3

小鹿一直觉得，这世上最好的爱情，绝对不是你侬我侬，而是可以为对方做任何事情。她总是对未来充满了信心。

“小鹿，我太没用了，什么都给不了你。”

“没关系。”

“你不觉得苦吗？”

“只要有你在身边，一切都会好起来的。”

“来，干了这碗挂面。”

“觉得自己好幸福噢。”小鹿握着打折的电影票，心里憧憬着未来，而夏子辰的眼神却有些恍惚。

电影结束后，为了节省打车的钱，他们手拉手走了两个小时才到家。车水马龙的喧嚣静止了，夏子辰看着旁边的小鹿，这个吃一碗泡面都要分给他半碗的姑娘，他莫名眼眶发红。

4

25 岁的时候，夏子辰的艺术才能得到一些赏识，他的画卖出去了一些，有了一些积蓄，他也开始忙，时常熬夜。

小鹿因为表现不错被提升为广告部总策划，薪水是原来的两倍。可是，小鹿依然爱攒钱，她在地摊买廉价的衣服，只为多省一点钱给夏子辰买画画用的材料。他们的生活依旧很辛苦，可是小鹿有时拿着信号不太好的手机，看一部美剧，都会笑出声。

看着旁边熟睡的夏子辰，她会觉得无比安心。

“这点苦算什么呀，不是有你陪着我吗？”小鹿总是对夏子辰说。

“委屈你了，和我在一起日子太平淡了吧？”

“没有啦，我是会打奥特曼的小怪兽，每天内心都过得很轰轰烈烈。”

之后的时间，他们越来越忙，这样的对话越来越少。

有时候，夏子辰反而有些想念之前那头发上有酱油味道的疯姑娘。那时候，他们坐个公交车拉着手都有种拍韩剧的感觉。吃一碗泡面都如吃西餐般隆重，打死一只蚊子都为彼此鼓掌叫好。

“夏子辰，你去哪儿了？”

“我再忙一会儿，晚点回去，你先睡。”

“哦。”小鹿不再打扰他。

他们就这样有一搭没一搭说上半天，睡意蒙眬的小鹿就这样一个人睡过去。

5

半年后，他们终于租了一套 70 平方米的房子。

第一次，终于有了宽敞的空间，小鹿开心得像个孩子，还给自己留了一个衣帽间，虽然夏子辰知道，她只有数得清的几双鞋和几件衣服。

小鹿 26 岁生日那天，夏子辰为她庆祝。

“丫头，跟着我受苦了。”

“不苦不苦，以后把我喂得白白胖胖就行。”

“你为什么对我这么好？”

“因为我是你的无敌女神……经呀。”

“嫁给我吧！”

“噢。”小鹿突然沉默。不知道是不是睫毛膏太廉价，突然眼睛一辣，小鹿的眼泪就落下来。

回家的途中，他们在马路上手拉手一起走，像是刚大学毕业那会儿的小情侣。

可是没有谁的人生是可以预料的。

就在拐角处，一辆车突然出现在离他们不远的地方，来不及躲避，小鹿把夏子辰一推，自己却被车撞了。

6

在抢救室的那一夜，26 岁的夏子辰一夜白头！他从来没想过，小鹿会以这样的方式从自己的世界中抽离。他想起她一脸兴奋地说："再过一年我就要把自己打扮得美美的，再也不吃挂面了。"

小鹿脱离了生命危险，却陷入了昏迷。

回家拿洗漱用品，他看到小鹿的衣帽间，29 元一双的布鞋，50 元一件的毛衣，还有 19 元一件的连衣裙……这些年，她为了他，放弃了多少属于她的美好。夏子辰蹲在地上，这些年，他第一次觉得自己那么没用。

"夏子辰，吃挂面吃得我想吐！"

"对不起。"

"我们会越来越好的，加油！"

"对不起。"

这些年，他说得最多的就是"对不起"，可是从未好好地在意过她，他总是享受着她对他的付出，却从没给她买过多么珍贵的礼物。

7

一个星期后，小鹿醒了。她看到满头白发照顾他的夏子辰，说的第一句话却是：“你是？”

夏子辰沉默良久，几乎哽咽：“对不起。”然后慌忙躲进卫生间，泣不成声，心像被掏空了一样。

小鹿失忆了。部分失忆，这种韩剧中的狗血情节真要经历起来，他才发现一点儿都不好笑。他不知道为什么会这样，是因为他们这段过去太沉重了吗？他不知道，但是那个头发上有酱油味的有趣的姑娘，他再也找不回来了。

夏子辰把小鹿交给了她的父母，他知道，小鹿跟着他受了太多的苦，或许忘记他是最好的开始。

小鹿恢复得很好，除了忘记了一些人和事，后来的每一天，她都记得，父母帮她找了一份幼儿园教师的工作，她每天和孩子们在一起很开心。后来的她，头发烫成了微卷，穿好看的裙子，不再是当年的女汉子。她总会每隔一段时间就收到一个匿名的包裹，里面是漂亮的衣服和鞋子。

夏子辰很想和小鹿说，想说他们的从前，想说“对不起”，想说“我的女友走丢了，你能帮我找到她吗？”但是最后的最后，他什么也说不出口。如果没有水到渠成的相濡以沫，他没有勇气再将小鹿拉进自己的世界，因为太过在乎，他反而舍不得。这样的想法很没道理，但情绪不会和人讲道理。就像命运一样，总是让人猝不及防。

夏子辰没有再联系小鹿，不知道小鹿是不是还有可能想起他。他觉得都无所谓吧，因为他已经是一个爱情的逃兵。目睹过生死劫难，他已经背不起沉重的压力，只想她过得好。他经常会不经意地哼起那首歌：

> 阳光在身上流转，等所有业障被原谅，
> 爱情不停站，想开往地老天荒，
> 需要多勇敢。

或许年少的爱情，总会有各种挫折。我们总是以一种自以为是的方式去爱一个人，却从未问过对方是否想要这样的方式。

年轻的我们不懂得坚持，那现在的我们呢？

或许一样不懂得坚持，却又自以为是，这算不算另一种怯懦呢？

你的回忆里，曾经藏着谁

阿青是我学姐，也是我见过酒量最好的女人，她是草原上的姑娘，喝酒用碗。据说，当年他们大学新生聚会，班里男生看她长得漂亮，轮番敬酒，结果想灌她酒的男同学都醉趴下了。

大学毕业后，阿青开启北漂模式，她每天来去匆匆，一直没有男朋友。但是隔壁公司的一个程序员喜欢她。那个男生经常来找她，见了她却很腼腆。后来那个程序员终于表白了，在办公室的楼道里，程序员拿着鲜花向阿青求交往。阿青收下了花，却回绝了表白。

朋友们不明白，阿青究竟为什么不满意，从外貌到诚意，从态度到薪资，程序员都不差啊。

阿青招架不住大家的追问，便说出了深藏在心中的话语："我也不知道自己做得对不对，但是我还放不下我的初恋。"

哎，仔细想想，感情来不得一点伪装，既然心里已经有了人，又何必勉强自己，亏欠新人呢？

有些人心中有千沟万壑，有些人心中却只能容下一个人。

阿青便是后者。

后来阿青告诉我，她喜欢的那个人是她的高中同学。她说：“我所有的关于恋爱的感觉，都在那些年的记忆里。”

10年前，他们是同班同学，甚至做过同桌。她是学霸，他是学渣。年少的爱情很简单，几句话，几次接触，就喜欢上了。

她还记得第一次去约会时，激动得心都要跳出来了；她还记得两个人一起去江边，第一次接吻的甜蜜；她也记得出去逛街的时候，有车经过时，他总能把自己适时地拉到怀里……

可惜人生并不是结局完美的童话故事。不是两情相悦了，从此就能一帆风顺的。面对没完没了的考试，年少的恋人肯定不可能仅仅享受属于二人世界的甜蜜和快乐。

学渣男是直爽痛快的性子，而阿青是外表高冷、内心深不见底的淡然性子，两人从一开始，就似乎注定不是那种会相互坦诚、互相理解的小情侣。

他们经常吵架，一吵起来，向来直爽的学渣男会变得阴鸷到任何人都不敢从他身边走过，阿青也会表现出与她气质丝毫不符的鲜活的愤怒。两人会在教室里互摔东西，破口大骂，甚至升级到公然顶撞拉架的班主任，并且这种事发生了不是一次两次。

矛盾爆发的原委，在吃瓜群众看来，无非是各种乱吃飞醋，又或者某些鸡毛蒜皮的小事。

那些日子，阿青回想起来，感觉自己当时真是年轻，恋情像直播的偶像剧，自己完全沉溺在剧情的高高低低中无法自拔。

直到现在，阿青也不知道，自己是喜欢年少的他，还是喜欢那个奋不顾身的自己，或者只是怀念那段无忧无虑的青春。

正如李行亮在《回忆里的那个人》中唱的：

藏在我回忆里的那个人

有你我的青春才算完整

感谢曾经你的认真

让我知道爱一个人会奋不顾身

这么多年过去，物是人非，很多事情注定成为遗憾。

不久之后，阿青的这位高中同学准备结婚了。

他结婚的那天，并没有通知阿青。但阿青还是无意中从别人的微博中得知了，她有一种不联系他就会后悔的预感。

于是，阿青打给他们共同的同学或者朋友，期望得到他的电话号码。她不知道自己想要做什么，说“祝你们幸福”或许做不到，但“祝你幸福”，大概还是可以说出口的吧。但，电话真的接通后，阿青反而慌了，她根本做不到云淡风轻、不动声色地去祝福，尤其是手机那端的他，语气不耐烦地想挂掉电话，生怕她一冲动毁了自己已经准备就绪的婚礼。

挂掉电话，阿青就哭了，或许她已经沦为同学们的笑谈，但是

幸好，打完电话之后，她可以对自己说：真的可以放下了。这段谈不上爱情的爱情或许只是年少的欢喜，她喜欢的也或许只是那个少年的他。

嘴里说着可以放下的阿青想去喝酒，又怕自己喝不醉；想去看电影，又怕在情侣们的包围下，让她的难过更明显。不喝酒、不看电影的阿青，决定请假去离北京最近的草原骑马。

坝上草原有马，也有羊，阿青在疾风中叫嚣：“我不想他了！我想要一片属于自己的草原！”

嗯，我估计这个更难。

阿青从草原回京以后，养了一只加菲猫，长得特严肃又特有辈分的感觉，让人一见面就想叫“阿姨”。

阿青心甘情愿地成为一名优秀的铲屎官。

家里人也会着急这位大龄女青年怎么还不找对象，甚至时不时会远程遥控指挥她去相亲。阿青很听话，每次都去，然后问对方：“你喜欢猫吗？”

阿青说：“不聊猫，我都无话可说了。你不知道我妈给我介绍的相亲对象，简直了，无趣又老套，要求还特多，我又不是应聘当保姆的。”

不嫁，阿青的妈妈又整天替她操心，搞得她感觉自己像个罪人，连电话都不敢给家里打。

过了初恋的坎，她好像一刹那间开悟了，觉得谈不谈恋爱已经无所谓了，有个人陪伴固然很好，但一个人过也不错。就在没心没肺的相亲中，她再一次遇见了那名程序员。

北京很大，跨区都像跨省；北京又很小，阿青刚坐到事先约好的相亲地点时，就遇见了邻座的程序员，那个曾经对她表白又被拒绝的人。场面一时尴尬，更尴尬的是，这时，相亲对象出现了。

阿青觉得当时自己就想落跑，但是害怕事后妈妈会骑马杀过来，想想还是勇敢地坐下了。

这家咖啡厅有点拥挤，邻座的对话都可以听得一清二楚，这让阿青更加沉默。再加上，旁边还有程序员虎视眈眈，没多久，相亲对象就说公司临时要加班先走了。

之后，程序员和阿青四目相对，相顾无言。大概是程序员见证了这么尴尬的时刻，阿青反而破罐子破摔了。后来的日子，程序员依然会时不时来公司约阿青吃饭或者看电影，就像什么事情也没发生过。

阿青有些心虚，终于某天吃饭的时候，她忍不住说："你能不能为我保密啊？"

程序员一脸无奈地说："没什么需要保密的，相亲又不是犯罪。"

阿青说："但是很尴尬。"

程序员沉默片刻，说："我有个建议，不如我们在一起，你也不用相亲了，我也不用保密了，你看怎么样？"

听到这个建议，阿青笑得很甜。

就像电影《乱世佳人》中那样，斯嘉丽暗恋着庄园主的儿子艾希礼，然而艾希礼却选择了温柔的梅兰妮。因此斯嘉丽赌气嫁给了别人，后来又因战争爆发，变成了寡妇，可她的心中一直爱慕着艾希礼，直到她遇见风度翩翩的商人白瑞德。

艾希礼带给斯嘉丽的伤痕是别人难以感同身受的，那种初恋被拒绝的难堪与痛苦，让她很难放下别人，放过自己。而白瑞德却是她最好的疗伤办法。这是不是正如许茹芸所唱的：

如果有一天
我可以忘记了你
也许是因为我
遇见了另外一个人
可能他的出现
弥补了想你空隙
曾经不愿意不肯相信
已经过去我们的爱情

爱情如罂粟，不懂它的时候，你一个人可以自得其乐，毫无羁绊，可是一旦拥有过，你就会上瘾，不知道是爱上了他，还是爱上了那个爱情中的自己。

当时的他是最好的他，后来的我是最好的我

1

其实有的时候，我真的想让所有相爱的人都有一个圆满的结局。

可是有时候我们等来的却是一场空。

我曾看到一个女孩的爱情故事。大学时，她一直卑微地爱着一个男生，毕业后他们租房住在了一起，可是女孩梦想中的爱情并没有 到来，他们还是分手了，而且来得很突兀。那年的圣诞节，街上挤满了亲亲热热的情侣，在身边都是告白和团聚的热闹氛围里，女孩一个人收拾好行李，退掉了房子。男孩自分手后，手机一直停机，女孩找不到他，后来听朋友说他已经到了英国，开始了一段新的生活。

女孩抱头痛哭了三天三夜，才真正明白，原来这份感情，自始至终都没有得到男孩的半点尊重。

自此以后，能够让女孩重新站起来的只剩下仇恨，她每天想的事情，就是如何超越他。从前只奉献给他的时间和金钱，现在统统

归还给自己。

她白天做一名勤勤恳恳的小白领，对人诚恳有耐心，做事踏实认真，不久领导给她加了薪，对她的表现大加赞赏。晚上回家，她自制健康的水果沙拉，买来瑜伽光盘，对着电视机苦练功力，几个月后减掉了四公斤，终于穿得进心仪已久的铅笔裤了。

周末的时候，她报了社会上的口译班，和同学们分享学习的经验、苦练英文，结课时听老师在异国时的经历羡慕不已，老师提议女孩可以申请去新西兰的打工度假签证。

她规定自己每周看一本励志书，一部经典英文电影，写一篇总结性的周记，和欣赏的朋友小聚一次。

2

女孩的日子，被从前不敢想象的正能量占据着，她在自我充实的道路上忙得不亦乐乎。有的时候，甚至都忘记了去恨他。她看了好多有关旅行的书籍，开始对异国产生许多憧憬。她申请了签证，辞掉了工作，用最快的速度踏上了一年的打工度假之旅。她抛掉一切旧念头，从基础做起，每日刷盘子、洗碗、端咖啡。打工过程中，她结识了很多新朋友，听到很多不可思议的故事，知道感情上的事没有对错之分，只有各人的感受不同罢了。

她决心做一些与众不同的事，毫不手软地花光半年积蓄重返校园，成为金融专业门门成绩都是A的好学生。她学会了开车，去过最美的海滩，知道哪里的西餐最精致，也习惯用读书的方式，跨越孤独这片海洋。这样的几年里，并不是没有思念过他的好，可是她决心不再拿真心一次次下赌注。

她说："我对生活充满了斗志，这斗志渐渐不再源于仇恨，而是我真的想变成更好的人。我开始觉得每一天都是新鲜的，感情终于被时间晾干。一个女人对爱情的战争，渐渐平息下来，我也终于有机会告诉那些受过伤的傻姑娘，请补偿那些对不起自己的日子，重生是一个坚强又优美的动作，你会发现爱自己比爱别人更容易也更值得。当有一天你终于从那段灰色的日子里走出来，从此心里只装满关乎梦想的正经事。"

3

电视剧《欢乐颂》里有一段台词："这个世界这么残忍，鼓励有什么用，你呀，就不要再自欺欺人了，这个世界上除了你自己，谁都没有义务让你高兴。"

突然间我觉得坚持一件自己喜欢的事情或者坚持喜欢一个人真的很难。

比如，你们一起吃饭，他却只盯着手机在看。

比如，你想让他多陪一会儿，他宁愿早睡。

比如，你发了很长的信息和他说了好多想说的话，他只回复一个“嗯”字。

最遥远的距离莫过于你在他面前，他却在你面前关注了另一个他欣赏的女生。

他认为的“在一起”和你认为的“在一起”真的有区别。

有个姑娘说，她和男朋友同居后的一个月，某天清晨醒来，她抱着他的胳膊问他：“你爱我吗？”

男孩沉默了一会儿，说：“让我好好想想。”

那一瞬间，女孩知道，她不过是他无聊时的消遣。

她起身穿好衣服，提上行李，头也不回地离开了。

4

你有没有在爱情里等过一个人呢？

等他能够再多爱你一些，等他有一天能突然发现你所有的好，或者等他玩累了重新回到你身边。

可是更多的时候，我们等到的却是他离你越来越远：他说的每一句话都是敷衍，他的每一个表情都是不耐烦，他的爱带给你的，好像是无尽的孤独……

就像素黑的一段话：“一个人跟寂寞是两回事，一个人可以不寂寞，假如你乐在其中，享受宁静和独处的话；两个人也可以很寂寞，当你们无法沟通，无法欣赏彼此存在的价值，无法分享爱与关怀时。”

对于错的爱，也许就该如此吧。可以很爱很爱，但是你一定也要好好爱自己。

你的执迷不悟，他的不痛不痒。

那样执着地深爱过一个人，是你的飞蛾扑火。

他的决绝离开，是你的永不相见。

被辜负的爱情，永远抵达不了终点。

有人说：“他可能真的喜欢你，但是这一点都不妨碍他喜欢别人。那些失望就像是舔了一口的冰淇淋掉在了地上，花了很长时间下载好的电影被说数据损坏需要重新下载，怀着满满的期待却掉进漫无天日的绝望。”

为值得的人赴汤蹈火，对闲杂的人别在乎太多，如此，你的善良才显得矜贵。握不住的沙，就随手扬了它。

Part 3

当你厌倦了过去的生活，你得做点什么

有些我们以为过不去的事情，总是等到真正过去之后，才知道，其实并不是那么难以度过。生活之中难免会产生厌倦，这时候，你就知道，自己该整理情绪，做点什么了。

这一生，你要承担起为自己遮风挡雨的责任，无论何时，在所不惜。

如果厌倦偏安一隅，那就背起行囊出发

1

这是苏素送快递第 N 次迷路了。她明明是照着地图导航走的，可是依旧走不到终点，或者七拐八绕总是很晚才能送到。

在被顾客投诉了第五次的时候，苏素华丽地失业了，同她一起失业的，还有她那辆迷你小摩托。

送快递的日子，苏素常常开着那辆粉红色的小摩托，在各个街区穿梭。如果你以为是那种马路上微风轻荡，一个美丽的姑娘骑着拉风的小摩托，映入眼帘的还有摩托后彩色的气球那么文艺唯美的画面，那就大错特错了。

那时的苏素，梳着小平头，脸晒得黑黢黢，摩托车后更是装满了用绳子打包好的几箱货物。如果你要问为什么要买粉红色的摩托，那是因为苏素在二手市场买车的时候，那辆小摩托最便宜，发动机的声音大得像小型拖拉机发出的。

真正的画面是这样的：远远望去，像一只大猩猩骑在一辆小摩托车上。所以送一整天快递下来，苏素的腰都快要断了。有时候，她顾不上吃饭就只能吃几口面包，所以工作 6 个月被辞退的她，穿上自己原来的衣服，好像大了一圈。

失业的那个夜晚，苏素吃了一碗牛肉面，一个人走在路上，四处一片寂静，连路灯的光都那么微弱。

大街上空荡荡的，一个人都没有，走着走着，她接到了妈妈的电话。妈妈说："乖女儿，你最近好吗？我很想你，在外不要太辛苦，妈妈的病已经好多了，你不用再往家里寄钱了。"

苏素说："妈，我很好。"却在眼泪流下来之前挂掉了电话。

走到拐角处，苏素看到一个年轻男孩摆着蜡烛向心爱的女孩表白，女孩和男孩拥抱的时候，他们的朋友在路边放了一朵烟花。

夜空忽然被小小的烟花照亮了，可是苏素的心却空荡荡的，好像所有的幸福都与她无关。她在超市买了一袋泡面，回到租住的房子。

走到楼道里的时候，一个 5 岁左右的小孩礼貌地和她打招呼："叔叔好。"

那一刻，苏素再也忍不住眼泪。那个曾经美丽叛逆的自己如今居然被小孩认成了男人。她坐在楼梯上哭泣，像极了韩剧里的煽情的桥段。不过她哭了5分钟后，抬头看到了门口的电费催缴单。它像那一朵烟花，照亮的是她的脸，暗淡的是她的心。

那年苏素22岁。没男友，没工作，没有任何让自己骄傲的资本。

2

苏素不是没有听过“努力拼搏变成更好的自己”的道理。

可是在18岁的时候，苏素开始了自己叛逆的青春期，不爱学习，和老师作对，课堂上吃韭菜盒子，和同桌玩扑克、斗地主。那时的苏素一头长发，夏天爱在脚上戴叮当作响的脚链，脖子后面文着一朵小莲花。她抽烟喝酒，和朋友逃课跑去看电影。

她是大人眼中的不思进取的小孩，是同龄人中被羡慕的那个“异类”。

苏素觉得那就是最好的青春，可以肆无忌惮地挥霍。苏素好不容易考上了一所普通大学，大二的时候却因为停电时和室友打架，打翻了刚点着的蜡烛，引起了火灾。

苏素被学校劝退了。

她退学后，妈妈病了。

那个曾经总是对自己百般关爱的妈妈，倒下了。

苏素在医院陪着昏迷的妈妈。她后悔自己没有好好把握自己的人生，把所有的学习都当成儿戏，以为人生只要有满腔热情就能活成自己喜欢的样子。

妈妈生病后，苏素剪了短发，开始到处打工赚钱，她想让妈妈接受更好的治疗。

可当她真正体会生活的时候，她的力量却那么小。那个曾经不可一世的姑娘，变得消沉、暴饮暴食、易怒。

因为没有学历和不修边幅的短发形象，苏素并没有找到什么好工作。她在烧烤摊穿过烤串，在大街上发过传单，最后做的是快递员。

这些年，她已经从当年那个天不怕地不怕的倔强姑娘变成了一个被生活磨砺得没有任何心性的女汉子。除此之外，她的生活变得越来越糟。没有进步、没有别人的认可，连最基本的话语权都没有，她像是一个被关在笼子里的人。她看到的世界太小，她的心被禁锢了。

3

22 岁的那个夜晚，苏素在大哭了一场之后，决定重返校园。

22 岁回到母校重读高三，在很多同学眼中，她就是一个天大的笑话。可是，那又有什么关系？那一年，苏素从未觉得时间是那样珍贵。

早晨 4 点半起床，苏素慢跑半个小时，然后开始看书，凌晨 1 点才关灯睡觉。

坚持不下去的时候，苏素总会想到妈妈，那个温柔的女人给她太多力量。

几个月的时间，真的像过了几年。有时候困得实在不行了，她就拿凉毛巾敷在脸上。几个月下来，成绩提高了不少，脸也敷白了不少，连面膜都省了。

高考成绩出来的那一天，苏素像个小学生一样高兴地跳了起来。

她如愿考上了自己心仪的大学。

那个夜晚，苏素特意放了烟花。她知道，这回烟花照亮的，还有她暗淡的人生。

我们听过那么多道理，却始终过不好这一生，大概是因为我们没有真正体验过其中的意义。等到有一天我们身临其境地体验到人生的不易，我们愿意为之做出改变。

当你厌倦了过去的生活，你必须去做出改变。

那一场痛快淋漓的改变，让苏素体会到努力的快乐。

虽然，对于她来说起步有些晚，但是在大学校园里，苏素完全成了另一个自己。

她努力学习外语，学习专业课，加入了自己喜欢的社团。

4

27 岁的时候，苏素被保送研究生，并且作为交换生去了澳大利亚学习。

在踏上飞机的那一刻，她在心里对自己说：那个糟糕的自己，再见。

如今 30 岁的苏素，穿着精致的职业装，踩着高跟鞋，雷厉风行地给同事们讲解策划方案，用流利的英语和外宾聊天。

她说，每个人看到她现在安静优雅的样子，怎么也想象不到她当年的经历。

可是生活难道不就是这样吗？有多少辛苦的小孩，跌了多少跟斗，过了多少个坎，经历了多少摸爬滚打的日子才成了如今的自己？

有人说，世界太大，生命太短，谁知道过完这辈子，要在轮回里变草变树、折腾多久才有可能重回这个世界再走一圈呢？好好和自己商量商量，然后不顾一切地去体验吧。

不要问，不要等，不要犹豫，不要回头。没有答案的时候，就独自出去看一看这个世界。没长一张萝莉的脸不要紧，关键要看你敢不敢有颗爷们儿的心！

苏素在 30 岁生日的时候，买了一辆粉色的宝马 MINI。

那个骑粉色小摩托的姑娘，终于和过去的自己做了一次崭新的告别。

勇气是压力下的优雅

1

菲洛特别爱笑。外人不会知道她从小生活在一个家暴家庭。

读小学时，只要菲洛成绩不理想，总会遭到爸爸的打骂。后来上了初中，她以为只要自己成绩好，爸爸就不会那样对她，可是不管她成绩考得再好，只要爸爸心情不好，依然会对她拳打脚踢，有好几次，她都被打晕了过去。因为害怕老师知道，菲洛都会请假说自己生病了。

那段时光是她最不愿意提及也最不愿意面对的生活。菲洛的心里，对父亲充满了无限的恨意。

25 岁的时候，菲洛遭遇了一场车祸。为了更好地恢复，菲洛服用了很多带有激素的药物，整个人胖得不成样子。但她还是一样爱笑，甚至会嘻嘻哈哈地对朋友说："你看，我说我要开花的，在开花前，我得先把自己变成土壤。"

也是那场车祸让菲洛懂得，原谅比爱更有意义。她不再和父亲作对，不再把小时候的生活当作阴影。她不是为了与父亲和解，而是选择放过自己。

她说："我后来发现，我只有坦诚地面对过去，才能更好地面对自己。"

就像作家艾莉说的："时间最大的魔力就在于，当初的痛彻心扉，成了现在的云淡风轻。懂了的那一天，我们就不痛了。懂了的那一天，我们就完满了。懂了的那一天，我们终于能够和年少时的自己拥抱、跟自己的青春和解。"

我们每个人的身体里都住着两个自己。有时候，我们懦弱、退缩，有时候，我们坚强、勇敢。不要随意相信那些黑暗里的黑，你要做自己的阳光。

2

在公司的走廊里，我经常遇到一位保洁阿姨。阿姨快50岁的样子，长得蛮好看，每次见面都很礼貌地微笑。每次她拖完地，总会在卫生间那边标有"管道井"的小房子里待着。她们有纪律，工作时间不能随意聊天走动，虽然阿姨的工作内容很枯燥，但是我从她的笑容中看到了更多的生活之美。

有些笑容，让人看了就心生愉悦。即使不说话，对视一笑，都如同午后的阳光。我见过很多爱笑的人，他们笑起来像 4 月的天气，像森林里的绿色植物，哪怕笑得惊天动地，笑得皱纹横生，也无所畏惧。

摄影师杰伊·温斯坦发起了一个给很多陌生人拍照的摄影项目，一张是他们不笑时的模样，一张他会在按下快门的那一刻让他们轻松地笑出来，在笑容绽开那一刻，镜头前的整个人都灿烂了起来。

罗恩·古特曼总结了很多关于微笑的研究，发现了一个惊人的结果。原来，微笑带来的刺激还相当于 16000 英镑现金产生的刺激，每笑一次就相当于得到了 25 万美元。

笑容的力量真的很神奇。就算全世界恶语相加，一个笑容就能让你嘴角开花。如果我们无法阻止皱纹长在脸上，但至少可以不让它长在心上。

3

越长大越孤单，越成熟却越怯懦。慢慢地，我们学会妥协与将就，懂得了委曲求全，却没有了孤注一掷的勇气。

永远不要期待等一切都好起来了，再开启新的生活，因为生活本身就是好与不好的总和。生活中的每一天，都可能会与逆境不期而遇，我们唯一可以做的就是给自己一个微笑，找个合适的方式，好好生活下去。

很喜欢杨千嬅《勇》中的一句歌词：

沿途红灯再红
无人可挡我路
望着是万马千军都直冲
我没有温柔
唯独有这点英勇

生活是一场大冒险，要么一无所有，要么勇敢前行。“青春”的含义不在于你现在多少岁；而是你即使50岁了，也依然相信自己正青春，依然认定自己可以扛住所有的压力，依然可以笑得没心没肺。

困难来的时候，不要害怕，总会过去。

正如海明威所说，勇气是压力下的优雅。

有些事只能顺其自然，比如结婚这件小事

1

楠楠妈妈收拾家的时候，楠楠正在津津有味地啃着鸡爪子。

楠楠觉得她当时的状态就是活脱脱的一个吃货，一点点地掰碎鸡爪子的每个关节。如果那只鸡还活着的话，一定会对她说："算你狠！"

楠楠妈妈见她自始至终都那么没眼力见儿地任她一个人汗如雨下，便大叹一口气说道："如果当时不养你，每年养一头猪的话，估计现在都能付个首付了。"

楠楠默默地起身走到老妈面前说："您就把我当一头小猪养吧，我充分发扬了猪特别能吃的精神，等您把我嫁出去，就当是报答您了。"

楠楠妈妈看楠楠的眼神怪异得，就差手里拿一个平底锅了。她说："闺女，你都 28 岁了，你什么时候能嫁出去呀，我的女婿为

什么还不骑着白马来迎娶你呢？”

“骑白马的那是唐僧！”楠楠正说着话，闺蜜张小雅的电话就打了过来，让楠楠陪她去参加电视台举办的万人相亲大会。

小雅的电话让楠楠一下子清醒了不少。脑补着相亲的场面，楠楠恨不得自己变成《吐槽大会》的嘉宾。

在人山人海中，遇见很多奇葩可比遇见一个对的人容易多了。楠楠忽然就想起神曲《春节自救指南》里的歌词：

我错在，人生规划太简单，还没读研就上班
没听二叔的话去他的单位当个保安
我错在，花开了不敢去摘
大学都不懂恋爱
喜欢的人不是学历太低，就是身高太矮
我应该，帮国足小组出线，给宇宙飞船充电
一家老小的愿望都交给我来实现
我应该，毕业一个月内就任总裁
闪电相亲，立马结婚，生小孩最好是龙凤胎

2

一番梳洗打扮之后，楠楠觉得自己还很水灵，除了黑眼圈有点大之外，其他的还好。用楠楠妈妈的话说就是：“自以为是20岁的年龄，18岁的长相，其实是‘二百五’的年龄，‘犯二’的长相。”

楠楠哼着小曲开着车去接小雅。在小区门口等小雅的时候，一个大爷朝她走来，她摇下车窗，以为大爷问路，没想到大爷大声吆喝：“小姑娘，算命不？算啥啥准。”

楠楠冲老大爷笑了笑：“您算算我啥时候能瘦！”楠楠从老大爷的眼神里看到了前所未有的鄙视，然后，老大爷头也不回地走了。

正思考着老大爷为什么走得那么决绝，张小雅风风火火地出来了。踩着15厘米的高跟鞋，开衫搭配着碎花连衣裙，乍一看像一个乖乖女，但是楠楠知道，她骨子里的倔强，无人能敌。

坐在车里的小雅还拿着小镜子仔细地端详着她的脸，对楠楠说：“姑娘，人生最大的悲哀就是青春不再，青春痘还在。对了，你看我的脸油不油？”

“反光，看不清楚，哈哈。”每次看到小雅那张笑得像花儿一样灿烂的脸时，楠楠总会莫名地想起她小时候的外号“尿裤子女王”。那时的小雅还特内向腼腆，三年级的一次班会前，小雅叫楠楠去厕所，她俩正准备出发的时候，班主任委婉地说：“还是等开完班会再去吧。”楠楠当时忽略了小雅脸上的表情，等到班会结束，楠楠再去找小雅上厕所的时候，小雅很淡定地说：“我不去了。”楠楠以为她硬生生地把尿憋回去了，结果是她的裤子已经尿湿了。

那件事给小雅心里留下了难以启齿的阴影，影响了她后来的初中生涯，直到高中时才调整好。小雅说，在她经历了那么无助的小学时代后，她终于明白了生活就是一场隐忍，忍过去，海阔天空，忍不住，只能给自己带来难堪和阴影。末了她总会再加上一句："当然，太隐忍只会自己受罪，看本姑娘现在活得多潇洒自如。"

每次听到小雅这样说的时候，楠楠的心里是很羡慕她的：直爽的性格，完美的身材比例和精致的五官，还有乐观的心态。遗憾的是，她干吗要参加这鸡肋般的相亲活动啊，还非得拉上自己。

3

小雅没少参加这样的相亲大会，每一次都以失败而告终。

远远地她们就看到相亲大会上空的主题标语：你妈逼你结婚了吗？

楠楠又忍不住"噗"的一声笑了。大多数时候，你总觉得自己在妈妈面前还是个撒娇的孩子呢，可是好像一瞬间，妈妈就希望你自己有个孩子了。

这次果然是万人相亲大会啊！人头攒动，放眼望去，各种风景，有的女孩梳中分像女神，有的则像高晓松，还有的像老狼；有的男孩年纪轻轻却几乎要秃顶，风一刮那一绺头发瞬间成了风向标。

那场相亲会结束后，楠楠和小雅依旧没有找到合适的人。傍晚，她们一起去疯狂购物，当作相亲失败的补偿。

楠楠妈妈依旧很唠叨，依然操心着楠楠的终身大事。就像那首

叫《Que Sera Sera》的歌，虽然歌词简单，但是生活不就是这样子的吗？

> “当我还是个小女孩，我问妈妈，将来我会变成什么样子呢？会漂亮吗？会富有吗？”
>
> 她对我说：“世事不可强求，顺其自然吧。”

有些事不可强求，只能顺其自然，比如在对的时间遇见一个对的人。强求或许就是灾难，毕竟，你简单世界就是童话，你复杂世界就是迷宫，仓促间遇见的人说不定是个“渣”呢。

别哭，或许下一秒就是转机

1

没想到我再次看到喻晓的时候，是在一个摄影展上。

三年前的喻晓 25 岁，胖胖的，笑起来眉宇间有隐隐的川字纹，总是一副好脾气。她在一家广告公司度过了漫长的试用期，初入职场，她学会最安全的规则就是对别人微笑，懂得最有效的赚钱方式就是攒钱。

喻晓住公司的宿舍，她还养了一只猫。周末与同事聚会，他们来自天南海北，在一个简易的烧烤摊边，聊人生谈理想。最后在晚上 9 点半之前结束聚会，因为有些人要赶最后一班公交车回家。

喻晓有时写策划案写到深夜，就把猫抱在自己的腿上，和猫说说话。因为策划案里一个常识性的错误，喻晓被一个领导教训了，领导说："真不知道你的脑子是拿来做什么用的，别人拿来思考问题，你的脑子是出气用的吗？"

喻晓忍了忍眼泪，默默地低头拿回去重写。然后她无限凄凉地想，如果一直这么笨下去，肯定还会被骂的，不知道什么时候是个头。下班后，她疲惫不堪地回到宿舍，小猫满地打转地欢迎她，煮了一袋方便面之后，她的内心好像又满血复活了，一口气背了100个英语常用单词。

那段日子，喻晓偶尔会看到同班同学的动态：她们有的出国，整天晒着网红似的自拍；有的找了男朋友，晒的是和男朋友看电影、坐摩天轮、甜蜜的小嬉闹；还有一些晒着漂亮的婚纱照。喻晓不知道是不是只有自己活得糟糕，她舍不得吃舍不得穿，拼命攒钱，就是为了可以在这座城市中生活得更好。夜晚挂了爸爸妈妈的电话后，她蒙着被子抱着小猫哭成狗。

2

一年过去了，喻晓的生活并没有太大变化，她依旧重复着平常的生活节奏。有时候，她闭上眼睛，就觉得能看到自己 70 岁时的样子和生活。

那年春节回家，因为长时间饮食单一，喻晓胃痛得住进了医院。爸妈整夜陪着她，喻晓第一次感觉爸妈苍老得厉害，而她也一下子明白：真正让自己生活糟糕的不是拮据，而是她内心的局限。她突然决定辞职，要找回新的自己。

凭借自己不错的英语口语，喻晓找到了一份导游的工作。她不再像以前那样唯唯诺诺，开始大大方方地与人交谈，勇敢地说出自己的观点。

导游的工作也很忙碌，但是喻晓觉得心情反而轻松了。她并不像以前那样急着存钱，而是每个月把一半的钱拿出来护肤和购置新衣配饰，并且努力减肥。两年之后，她已经成为一个瘦瘦的美人。

3

后来喻晓认识了一位摄影师。他陪着她世界各地走，每到一个地方就为她拍一些照片留念。他们一起去索马里的难民区，给那里的孩子们送去衣物和食品；他们一起去耶路撒冷的哭墙，感受那庄严的肃穆。

摄影师给她拍了很多美丽的照片。喻晓和摄影师顶着灰的蓝的天空，走过不同的街道，爬过大大小小的山，触摸的每一个地方都有他们的温度，譬如落日下的清澈溪流，寂静的光辉平铺的那一刻，地上的每一个坎坷，都被映照得灿烂。

再后来，摄影师向她求婚了。为了纪念他们的爱情，他特地办了一场摄影展，照片里的喻晓，都有着大大的笑容。

如果我们只是消极地接受老天的安排，可能很多事情都不是我们真心想要的。

就像午后的阳光，它让人们相信，这个世界任何事情都会有转机，相信命运的宽厚和美好。当一个人能够单纯、觉醒地专注于当下，毫无疑虑地走过这个世界，生命才是一件赏心悦目的事。

生活难免心酸，我却爱这心酸的浪漫

梓熙参加了几次人才招聘会，当人们看到梓熙打着手语，还没等梓熙递简历呢就摆摆手说："不用了。"那时候，梓熙最希望的就是哪家公司能给她来个电话，让她去入职。

哪怕是个保洁员也可以。

2008 年 1 月，梓熙拿着大学期间做兼职存的 5000 元钱，坐火车去了四川。

离开家的最大理由是，每一次亲戚朋友来访都用怜悯的眼神看着她，之后说："找一个对你好的人就嫁了吧，就你这样的，能找个人嫁了也算是有个依靠，不要成为你妈妈的拖累就好，唉……"

梓熙永远都记得，那声叹息之后的意味深长。

那时的梓熙，个子很高，黑瘦，短发。其实梓熙长得很好看，大眼睛，每次和人说话的时候，她都会读懂别人的唇语。

梓熙在四川的第一份工作是在一家餐厅做门迎。因为门迎不用说太多话，只负责客人来的时候鞠躬微笑。

那边的餐厅特别多，每次梓熙都面带微笑迎来吃饭的客人。她记不清楚她一天要鞠多少次躬，也不记得腿站麻了多少次。每次回到宿舍后，躺在床上看着天花板，有一个声音在说："傻姑娘，这是你想要的生活吗，要不然就放弃吧？"另一个声音在说："如果连最基本的生存都做不到，又怎么能过上自己喜欢的生活？"

可有的时候面对客人怀疑的眼神，梓熙还是会觉得，自己像个废物。她觉得自己心力交瘁，她好想回家，好想每天待在家里哪儿也不去，不用和人沟通，不用接触这个复杂的社会。可是那样的人生，又和咸鱼有什么区别？

坚持了快 5 个月的时候，梓熙越来越迷茫。她觉得自己这 5 个月都像在重复着一天的生活……

那时候梓熙才觉得，原来人生中最难熬的不是穷苦，而是重复。

日复一日的重复，难道就是为了攒够一些钱去过今后的生活吗？可是现在的生活难道就可以忽略吗？梓熙突然觉得，在最好的年纪，只是徒有一副皮囊，却没有更丰富的内在。

于是梓熙每天下了班，就去职大办的手语班学习。她要尝试着与这个世界对话，与更多的人交流，去见识更多的未知。那段时间她真的很累，白天工作，晚上要学到 12 点，为了省钱，梓熙买了一辆二手自行车，从学校到住的地方来回需要一个小时，虽然比之前更累，但是梓熙觉得自己的内心一点一点被努力填满。

2008 年 5 月，汶川发生了大地震，梓熙所在的位置离那里很近，

她第一时间报名成为一名志愿者。

当她看到一些生命相继离开的时候，突然觉得自己是那样无力，救援进行了两天后，梓熙的内心已经接近崩溃，她无法再面对那些

生命的离去，而她的内心在崩溃的边缘好像经受了一场洗礼。她突然明白，人的生命是如此脆弱，如果活着，就要活得有意义。

救援回去休整了一段时间，梓熙辞了职，去一家特殊教育机构面试。她可以教孩子们手语，虽然是第一次尝试，但是梓熙在内心，看见了一闪一闪的小星星。很多时候我们认为自己做不到，并不是因为过程有多难，而是因为并没有执着于开始的那个决定。一旦决定了，就不要迟疑，勇敢地走下去，你会发现，生活给我们的惊喜远不止这些。

教孩子们的过程并不轻松，聋哑小孩的内心世界是很难捉摸的，梓熙刚开始就被气哭了好几次，可是后来她渐渐地习惯了与那些孩子相处。她每天 5 点起床打扫教室，晚上 7 点回家吃完晚饭再积极地备课，她觉得给孩子们带去快乐是她最大的幸福。周末的时候，她就去练练瑜伽，享受生活。

多年后，她看到当年汶川地震中的幸存者、失去双腿的舞蹈老师廖智的表演。一个直径2米、高1米的红鼓出现在舞台中央，廖智半跪在舞台上，双手敲鼓，做出一组象征着与命运抗争的舞蹈动作。舞蹈结束后，廖智说："我们的泪已经流干，我们应该迎着太阳前进，活着就应该活得更好。"

如果没有那场天灾，廖智应该有一个完美的家庭，女儿也应该快长大了，她也依然在舞蹈学校教学生跳舞。可是地震摧毁了一切，她眼睁睁地看着自家一半的空间垮掉，她失去了自己的女儿，当时在黑暗中她用尽全力终于摸到女儿冰凉的、柔软的、小小的身体，她使劲抓住她，很想对女儿说句话，可是她的大脑一片空白，她试着张了几次嘴，最后唱了一首《铃儿响叮当》……

廖智在废墟里挺过26小时后获救，却面临截肢的现实。她没有犹豫，也没有惧怕，经过那场生死劫，她开始明白一个词：珍惜。

想得却不可得，你奈人生何，该舍的舍不得，也别跟往事瞎扯。

此时的梓熙也已经成了一名优秀的手语老师，假期的时候，她会去各地旅游，去走走看看。谁说生命不可以在废墟上开出花朵，我们无法阻止灾难的降临，但是我们可以勇敢地活出自己。

梓熙还记得上海发生的踩踏事故中，绝望的哭声被"5、4、3、2、1"的新年倒数声淹没，只留下一地的鞋子、围巾和依然闪闪发亮的牛角头灯。在不为人知的夜幕里，满心欢喜迎接新的开始的人们，内心被突如其来的变故打乱了阵脚。瞬间绚烂的烟花盖满了人间苍凉，打碎了世间静谧。

手指画着圈，绕过市井小巷，绕过草原的空旷，绕过袅袅炊烟，绕过曾经的年岁。梓熙越来越真切地想要珍惜身边的人，熟悉的，友好的，温暖的。

如今，梓熙更喜欢生活在此处的真实，纵使生活依旧有辛酸，也要把磨难当作雪花赠予世间的一份浪漫。

很多时候，我们漫长的一生中，不幸会远远大过幸运；人生有悲伤，有失败，有死亡，什么都可能发生，我们却只能选择接受。或许有的人一生都遇不到心动的爱情，无法坚持一段肝胆相照的友情，无法经营一个温暖的家庭，甚至也无力抵抗自身的疾病。

我们哭着来，却做不到笑着离开，人走茶凉，人死灯灭，即使一无所有，我们也要努力地活着，并爱上这心酸的浪漫。

那个 13 岁的姑娘已走远

1

2014 年的夏天，13 岁的浩渺决定来一次说走就走的旅行。

跑遍周围所有的商场，千挑万选，浩渺选好了一个彩色行李箱。她用表姐的身份证在网上订了票，订好了客栈。浩渺穿一条浅蓝色牛仔裤，帆布鞋，走着路都感觉能轻盈得飞起来，她希望这次旅行会让她的人生发生一些变化。她绝对想不到，五年以后，那个想一个人去看世界的姑娘，内心有了怎样翻天覆地的变化。

到了上海的时候，她摸出手机给父母发了一条短信：爸妈，我出去看看这个世界，不要担心我！

在她心里想象的画面应该是：世界那么大，我想去看看。提着行李箱，漫步走天涯。

然而现实是，那一天的上海骤降大雨，她浑身都被浇透了，冻得瑟瑟发抖，狼狈地拦了一辆出租车。到宾馆的时候，她看到弥漫着潮气的小屋，忍不住哭了，很多往事浮现在眼前。

2

2013 年的春天，刚上初中的浩渺喜欢上了隔壁班的体育委员。有天下午的阳光很好，他抱着篮球大汗淋漓地从浩渺的身边路过，浩渺觉得自己好像遇见了闪闪发光的男神。直到某个周末，浩渺看到男孩挽着另一个女孩的手正在等公交车；2012 年，她因为妈妈提醒她早点睡觉不要玩手机而与妈妈大吵一架，她摔碎了生日时妈妈给她买的卡通杯子；2011 年，她因为要上吉他班，和妈妈撒谎说自己去补习英语；2010 年，爸爸妈妈给她举办了生日 Party，她穿着公主裙，一家三口热烈地拥抱；2009 年，她穿着雪地靴和爸爸在雪地里堆雪人，踏着嘎吱嘎吱的大雪唱歌；2008 年的暑假，空调发出有规律的嗡嗡声响，地板上贴着皮肤那一层轻微的冰凉，翻到三分之一处的暑假作业，半块大西瓜挖空了瓜瓤；2007 年，6 岁的浩渺刚上小学，她把期末得的小奖状拿给爸爸妈妈看，妈妈笑得好开心，妈妈的笑容就像她心里的小太阳。

再往前，浩渺已经记不清很多事情了，爸爸妈妈一直守护在她身边。有多久没有好好听他们说话了，她不知道，后来她的生活里就只有手机电脑和毛绒玩具。她总是在一回家吃完饭之后，就把自己房间的门“啪”一声关上，戴上耳机，躲进她的小世界。

3

浩渺想着想着，觉得自己一定让爸爸妈妈失望了。其实，在她离家出走到达上海的那一瞬间，她就后悔了：她这么纠结这么疲惫地折磨自己，到底是为了什么。

当晚，浩渺给妈妈打电话："妈妈，我想回家！我这么不乖，你和爸爸是不是不爱我了？"

妈妈在电话那边对她说："乖，不要哭，等着我们。"

那一夜，浩渺整夜没睡，她从未感到如此害怕和孤单，从未如此想念爸爸妈妈。

第二天一早，爸爸妈妈便乘飞机到了上海，他们找到了浩渺住的地方。

见到爸爸妈妈的时候，浩渺反而没有了眼泪，她觉得她又拥有了整个世界，那些自以为无助的瞬间都不算什么。浩渺在和爸爸妈妈回家的途中，抱着妈妈的胳膊哭："妈妈，你原谅我吧，好不好？我以后不会和你吵架了，嗯，你要是不原谅我，我就……今后我一定好好表现，妈，你怎么不说话呢？妈……"

妈妈摸着她的头说："傻孩子，不要想这么多，你在妈妈心里永远都是好孩子。"爸爸也开玩笑地说："以后再出门，一定要带上爸爸妈妈，我们也想出来逛逛。"

浩渺一下子破涕为笑。年少时我们为之辗转反侧的烦恼，在他人眼中不过是豌豆公主被子下的小豌豆。

再次回到学校见到那个体育委员，浩渺没那么别扭了，她突然觉得，努力变成更好的姑娘，才是自己应该做的事情。

浩渺修剪了头发，扎起了清爽的马尾。她不再纠结，不再叛逆。她和同学们开心地相处，聊日常，聊未来，每天回家后会主动给爸爸妈妈倒水、削苹果，和他们聊聊学校里的事情，然后一个人在台灯下复习功课到深夜。

在后来的无数个夜晚，浩渺会突然想起一些美好的时光，年少时下雪踩在地上嘎吱嘎吱的声音，从小路的一端到另一端。一步一步成长，慢慢地洗去心里的疲累。

一只小乌龟小时候曾经爱过一条小鱼，可是后来，鱼游向了大海，而乌龟长出了腿，爬上了陆地，这就是奇怪的命运，你永远不知道你身体里隐藏着什么，可它们一旦悄悄地长了出来，你就会突然明白，这才是真正的你。

2016年，已经上高中的浩渺，翻出几年前的那本《猜火车》，那时她还是背着书包上学的初中生，她一直觉得青春是这样的，它用尽全力地热，它用尽全力地冷。在火车的轰鸣中，我们的青春一点一点地随风逝去。“猜，明天会是什么天气？猜，明天会是什么颜色？猜，明天谁会离去？猜，明天谁被谈起？”

2018年1月1日，浩渺给自己画了一幅画，画中的姑娘提着行李箱站在十字路口，旁边是雨后的彩虹。图片的配文是：那个13岁

的姑娘已走远。

谁的青春不是一路跌跌撞撞？正如张爱玲所说：“以年轻的名义，奢侈地干够这几桩坏事，然后在30岁之前，及时回头，改正。从此褪下幼稚的外衣，将智慧带走，然后，要做一个合格的人，开始负担，开始顽强地爱着生活，爱着世界。”

挺住别怕，你就是下凡来历个劫

1

初中时候，李欢欢就是那种特别腼腆的姑娘。她皮肤很白，长得很好看。每天吃早点的时候，别人狼吞虎咽，只有她像小猫一样一点点地把早点吃完，而且不会发出任何咀嚼的声音。

“好淑女啊！”同学们给她贴了标签。

十年过去，再次联系到李欢欢，她已经是一个男孩的妈妈。如今的她，已经不是当年那个说话都会害羞的小姑娘，她一边工作一边带孩子，每一天都活得自信且充实。

她说，大学毕业后她在太原一家药房工作。刚开始的时候，她总会因为腼腆而退缩，也会因为和客户打交道而发愁，业绩自然也很惨淡。后来，她觉得自己必须自信起来，要不然终将会被这个社会淘汰。她努力练习微笑，努力做到不怯场，努力学着与人沟通，终于在某一个月收入过万。她感到从未有过的开心和被认可的欣慰。

不久之后，李欢欢结了婚，生下一个男孩，她的生活一下子从有序的状态变成了看娃的混乱现场，换尿布、冲奶、为宝宝洗澡、为宝宝做辅食、哄宝宝入睡，那些看似细小的问题，却在不断重复中考验着一个人的耐心。即使孩子上小学之后，李欢欢下班回家，还要辅导孩子做作业，每天都精疲力竭。

有时候，李欢欢的内心是崩溃的，那种重复的生活状态，那种好像与世隔绝的空虚感，让她异常迷茫。可是看到自己的儿子和老公，她又觉得，这种辛苦，换来的是内心的成熟以及对爱的更深体验。

看完电视剧《三生三世十里桃花》，她在朋友圈说，“在凡间，如果遇到什么难事，不开心的事，就告诉自己：挺住别怕，我就是下凡来历个劫，历完了我就成上神了。”

2

在一个节目中我看到一个10岁孩子的妈妈，她上来第一个问题就问现场观众：“你们有多少人希望生活就是每天睡到自然醒，醒来之后去做美容，顺便逛个街？”在场90%的姑娘都举起了手。

这位妈妈笑了笑，然后说：“我曾经过的就是这样的生活，我凭着漂亮的外表嫁了一个有钱的老公，那时候我觉得只要漂亮就足够了，我有那么可以依靠的人。可是在结婚第10年的时候，我的老公向我提出了离婚，他说我除了像一个花瓶外，其他的什么都给不了他，我们没有了共同语言，没有了一起向前的动力。”

她离婚的时候，什么都没要，只带走了儿子。她和儿子租了一间房子，她第一次体会到钱的意义，也第一次体会到赚钱的艰难。一无所长的她，甚至连儿子在学校参加活动的钱都没有，那一刻，她突然觉得，自己不能再这样活下去。

靠着自己之前积累的人脉，她开始了服装代购工作。因为之前对时装的品位和出众的气质，她刚开始的代购业务还是很顺利的。为了多赚一点钱，她每天很少休息。她要用自己的双手赚钱，努力给儿子创造一个好的未来。

她觉得自己终于为自己活了一次，虽然累，但是值得。她也要向抛弃她的前夫证明，离开他，她依然可以过得很好。

三年后，她成立了自己的服装公司，业务做得风生水起。她不再是那个只向别人伸手要钱的凌霄花，而是长成一株努力生长的木棉。

3

岁月给我们最大的收获，都源于我们内心的坚持和方向感，源于我们对生活的热爱与热情。

也许，生命走到某个阶段时就会发生某种意外，可能是好的、幸运的，也可能是坏的、倒霉的，我们喜欢管这个叫作“命运”。

我们喜欢看成功学，喜欢看成功的案例，喜欢听那些传奇的故事，我们喜欢用幸运解释那些美好事情的发生。可能幸运就是人生路上的辅助，从某种意义上来说，我们会觉得幸运就是人生的捷径。

可是，现实生活中，哪里有那么多的捷径呢？

村上春树说道："我们领教了世界是何等凶顽，同时又得知世界可以变得温存和美好。"成年人的生活，有很多不容易，尤其是女人，更加不容易。但是即使生活不易，我们还是要咬紧牙关，勇敢前行。

愿你在俗世凡尘中，穿得起上万的大衣，也不嫌弃几十元的T恤；可以小鸟依人，也可以自力更生；有扬在脸上的自信，也有融进血里的骨气。即使遇到挫折，也要大声地告诉自己：

挺住别怕，我就是下凡来历个劫，历完了我就成上神了。

没有强大内心，就没有资格谈人生

1

2016 年春节，爸爸的朋友李叔叔携家眷从天津到山西旅游。

李叔叔曾经在某高校任职，后来因为一场车祸，失去了一只眼睛和一条胳膊，之后就离职了。他气质很好，如果没有那场车祸，肯定是一个成功的气质大叔。

李叔叔的妻子说，李叔叔刚出车祸的时候，很是愤世嫉俗，到处申诉，即使撞了南墙也不回头。但是在经历了多次打击之后，慢慢变得平和了。

人在消沉的时候，出去散散心会好一点。他们去过很多地方，见过辽阔的大海，爬过巍峨的高山，也遇到过很多爬山的时候半途放弃的人……见过高山大川，才知道人有多么渺小。回首过去，李叔叔深感生命的脆弱：有时候一个瞬间，就可能决定生死，人活着就很好。

2

丽霞和老公在浙江打工，日子正在慢慢变好。

可是就在某天开始上班的时候，她突然发现自己的双腿像灌满了水泥般沉重，迈一步都特别费力气。

她意识到，自己病了。

接踵而来的是，肺部针扎般疼痛。

她想劝自己说没事，但是一阵一阵的疼痛不可阻挡地袭来。

被老公送到医院检查的时候，丽霞在心里默默祈祷：我一定没事，我们还要赚钱，还有宝宝在家等着我们，我还没有好好孝敬爸爸妈妈……

很多时候，我们以为理所当然的生活，总会被一些突如其来的意外打破。

一天之内，所有的想象和未来都发生了改变，更多的是恐惧的等待。

后来，丽霞在医院住了大半个月，虽然花了很多积蓄，但是她慢慢好了起来。

她躺在病床上不能动的时候，望着窗外枝丫上的树叶。那一刻，她觉得阳光那样美。

原来脆弱的人，经历一场病痛之后，一夜之间就会大彻大悟。

她更懂得珍惜健康的每一天。

她拉着老公的手，好像从未觉得如此温暖过。

3

我和小蠢第一次去看周杰伦的演唱会，是在贺龙体育馆。我们为华丽的舞美设计以及现场的氛围所折服。虽然不是铁粉，但是我依然记得，那时候的周杰伦风华正茂。

2015 年 5 月 9 日，周杰伦的挚友刘畊宏在《超级演说家》中透露了周杰伦的病痛史。

虽然之前就知道周杰伦有强直性脊椎炎，但我想象不到这种病所带来的痛苦。

刘畊宏说："他常常不能像平常人一样躺下，因而要坐着睡觉。有时候我敲门，他从床到门口要走将近 10 分钟，不是因为他的家有多大，而是因为他走得非常慢。当他疾病发作的时候，疼痛让他没办法正常表演，甚至需要止痛药来撑完全场。"

据说，这种病是不死的癌症。2016 年 4 月 6 日，周杰伦歌迷网官方微博晒出一张周杰伦和"叫兽"易小星的合影，配文中提及周杰伦的病，他说："治不好的，唉，老人家了。"易小星心酸地问开演唱会需要蹦蹦跳跳的时候怎么办，周杰伦自嘲一笑说："吃药，镇痛，不然粉丝们来看什么。"

生活很复杂，人人都在挣扎。就像阿尔贝·加缪说的："重要的不是治愈，而是带着病痛活下去。"

4

电影《三傻大闹宝莱坞》里有句台词："一出生就有人告诉我们，生活是场赛跑，不跑快点就会惨遭蹂躏，哪怕是出生，我们都得和3亿个精子赛跑。"

我们每个人能来到这个世界都是很不容易的，所以要努力活出自己喜欢的模样，成为更优秀的人，这并不容易。

但路在你脚下，要不要走下去，完全由你自己决定。说到底，生活的样子，还是由你自己决定的。

Part 4

若非努力成长，怎会暗里有光

或许每个人都有这样的时光吧，疲累中度过，度过后感激，是这些时光使生命充满了希望。努力过，才对得起最好的自己啊。

茶亦醉人何须酒，书能香我无需花。

——题记

愿生活可以善待每一个救死扶伤的人

某天，我在微信公众号“作者景天”中发了“珍惜生命，不要熬夜”的图片，有个读者在后台留言，说自己是个医生，要值夜班。

2018 年我做剖宫产手术的时候，晚上 8 点住院，做一系列的检查，看到很多医生都在值夜班。我说：“这是你们的常态吗？”她们说：“是的。”

学医辛苦。橘子的姐姐、姐夫都是湘雅医学院毕业的，记得她姐夫在本科时期，为了做实验忙得昏天暗地，连去火车站接自己坐了 34 个小时火车的女友的时间都没有。后来她姐夫在校读研，去美国读博、博士后，整个青春年华都献给了实验室。

很多学医的人寒窗苦读、浴血奋战多年，从残酷的高考中脱颖而出，却不知等待他们的又是另一个战场。

这让我想起我的医生朋友张缓缓。

张缓缓每次从手术室出来，告诉家属，病人已经顺利度过了危

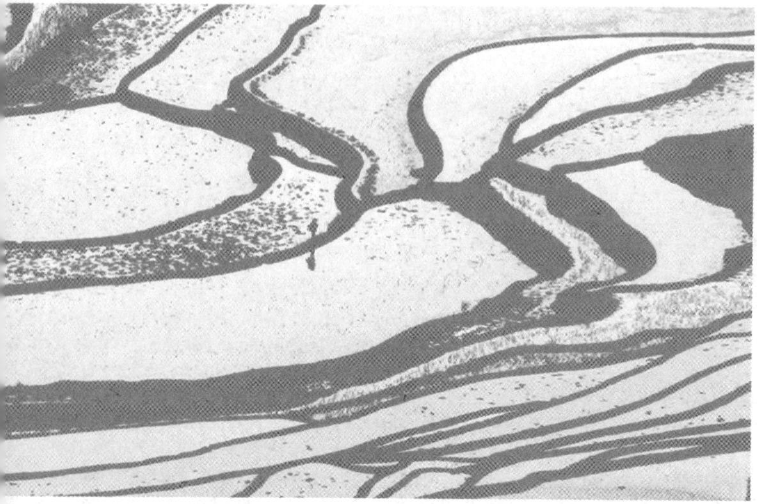

险期，看到病人的家属松了一口气，她的紧绷的神经也会稍微放松一些。

她记得自己第一次上手术台的情景。手心冒汗，整个人头重脚轻，虽然她只是负责最基本的工作，但是心里还是紧张得要死。如今她工作了 6 年，已经可以淡定地处理病人手术中突发的各种状况。

十年前的张缓缓，是一个特别胆小的女孩，看到蜘蛛都会被吓哭。偏偏考大学的时候她听从父母的安排报了医学院，她记得自己第一次去解剖室的场景，让她整整一个月都吃不下去肉。她记得刚开始自己总是做噩梦，总觉得宿舍里哪儿都有人。她记得自己扎针的时候总是扎不准，着急上火起了满嘴大泡。

大二的时候，她依旧克服不了胆小的毛病。有时候上完解剖课，她回到宿舍都会蒙着被子大哭好久，心里的恐惧只有自己能体会。她曾无数次想过退学，但是她觉得自己已经坚持了两年，如果中途放弃，她心里其实也很舍不得。后来，张缓缓逼着自己去适应，努力做好一个医学院学生。

大三的时候，她已经适应多了，她觉得人的潜力是无穷的，当你身处一个环境中时，即使很难，你也会自觉地去适应。她记得后来学医的经历就变得越来越有趣了。一次解剖课上，解剖台上放着数个心脏，其中一个至少比别的大几倍。有同学猜："这个人一定是得胸水死的。"

另一个同学说："这个人一定是得心肌炎死的，心脏变得那么厚，一定是发炎了。"还有同学说："这个人一定得了心肌梗死，左右心室都肥厚。"

老师说："为了让同学们看得更清楚，今天特意准备了一个大牛心……"

张缓缓记得有的同学在练习写病历时，把"肛门发炎"写成"肛门发言"；把"尿常规"误写成"屁常规"，老师还在旁边批："怎样收集标本？"

为了考 GRE（美国研究生入学考试），大三的暑假，张缓缓前后只用了一个月时间复习。看书看到凌晨 2 点，早上 8 点左右起床，下午两点左右睡觉，除了吃饭、睡觉，其余时间都在背单词和做题。一周只出门一次，每次出门时，张缓缓最喜欢坐一次游乐场里的过山车，那种刺激的感觉让张缓缓心里的压力缓解不少……张缓缓记得有一次她出门正好看见邻居遛狗，她心里感觉好笑：哎，狗真是好悠闲，每天都有时间出门逛街。

后来张缓缓考出了个不错的 GRE 成绩。

考完 GRE 以后，张缓缓又马不停蹄地考了剩下的 8 门医学课。刚考完就开始到医院实习，然后又一边考新 TOEFL（托福考试）一边自己准备 graduate school（研究所）申请，所有过程都在毕业后的第一年完成。后来她一边读研一边还在准备更重要的美国医生执照考试。张缓缓赴美国留学，三年后回到了北京。

张缓缓说，很多人都羡慕她能成为一名出色的白衣天使。但是他们不知道她背后付出了多少艰辛。抢救每个垂危的生命时，她都必须拼尽全力，累了中午就睡在办公桌上。最高纪录是 5 天只睡了 12 个小时。为了抢救一个病人，她甚至整宿不睡。她说，有时也会觉得很累很辛苦，可是看到那些慢慢康复的病人，她心里觉得一切都很值得。

她经常凌晨两三点还在手术室，那么努力，只为活得更踏实。其实，她永远记得自己第一次进解剖室的样子，也记得她第一次成功完成一场手术的样子。那看似平稳的过渡，只有付出更多的艰辛，才能跨过去。

虽然张缓缓忙得没有时间谈恋爱，没有时间逛街，没有时间去旅行，但是她知道，每一个病人的经历都是她所看到的不一样的人生。他们的坚强，他们的勇敢，都是她必须倾尽一生去学习的。

她对我说："虽然有时候也抱怨，但是咬咬牙，就都过去了。救人一命胜造七级浮屠，看着病人慢慢好转，没有比这个更有成就感的了。"

医生真是个伟大而又高尚的职业。每每看到医闹事件，看到某些病人抱怨医生看病慢或者抱怨医生中午吃饭耽误时间，我心里都颇不是滋味。

医生也是人，也有七情六欲、生老病死，也要赚钱养家。愿生活可以善待每一个救死扶伤的医生、护士，愿这个世界不再辜负每一个努力的人。

纠结是你不快乐的根源

1

有人说，人若是调成纠结模式，就会不由自主地进入一种死循环里，无声无息中消耗掉你所拥有的一切。

《拉封丹寓言》中，有一头驴子被置于两堆距离完全相等的干草垛中间，最后竟然被饿死了，因为它始终无法决定选择哪个干草垛。

实际上，很多时候，纠结大部分因选择而生。

纠结要不要跳槽，要不要结婚，要不要生孩子，甚至纠结中午吃什么。

我们纠结，是不愿意承担我们万一选择错误所带来的结果。或者说，我们不知道我们到底想要什么。

有个年轻人说出了自己的困惑：当我坚定了一个方向，然后专注地执行时，我是会感觉好受许多，特别是当过程或者结果是令人高兴与满意的时候。但当过程没那么顺利时，我就会开始后悔，后悔当初自己做了错误的决定。这时候，往往会想象另外一种决定的各种可能的好处。

其实生活中一切琐碎的事情都需要我们做出选择，上学时选择哪所学校，文理分科我们要选择文科还是理科；上了大学选修课我们要选哪些课程；走进食堂我们要选哪一道菜；逛商店时我们要选哪一件衣裳，都会让我们纠结。好像每做出一个决定，就没有了再选择的机会，一定会后悔。

我们总是害怕承担决定的后果，所以才有了那么多的纠结。

2

有时候，我们的内心大概会生出这样的想法：也许选对一个专业，我们就能成功就业了；选对一个男朋友，就能幸福一生了；听一篇口才演讲，就能变成一个口才特别好的人了；再也许，如果我坚持早起，就好像立刻变成那个雄赳赳气昂昂、有超强执行力和意志力的人了。

生活中没有彩排。生活是一个不断自我认知的过程，在这个过程中，你需要为自己的决定承担后果，是更顺利还是困难重重，取决于你对待当下的态度，取决于内心的执着还是受外界更多的影响。很多时候，这个结果来自于你的自信和自控力。

曾看到一则小故事。在一个理发店，他们遇到了一位特殊的顾客。

一个 16 岁的小女孩想要把头发都剪掉。这个女孩受抑郁症困扰多年，她的心情一度非常低落沮丧，觉得自己一无是处。到了后来，她的情况严重到已经没有心力打理自己，很久都没有给自己梳头，整理自己的头发了。

她只能终日待在家里，躺在床上，只有上洗手间才会起来。这样日复一日，头发都纠缠成一团乱麻。

女孩告诉理发师 Kayley，前段时间，她决定重返学校念书了，学校要拍学生照，所以她想把她那一头脏乱的头发剪掉。

知道女孩的遭遇后，Kayley 特别心疼，所以她决定尽自己最大的努力，为她保留下她的头发。Kayley 通过两天的努力，一共花了 13 个小时，将女孩原本脏乱纠缠的头发，变成了齐肩柔顺的造型。在两天的时候里，理发师一直对女孩说着鼓励的话语，安慰她鼓励她，让她重拾信心。

女孩的头发纠缠得非常厉害，但 Kayley 尽自己最大的努力，耐心温柔地帮女孩梳理。一切的努力和付出都非常值得，因为女孩的脸上终于浮现了久违的笑容。

她最后对 Kayley 说：“今天照相的时候会露出真心的笑容，是你让我再次感受到了自己。”

当我们感受到周围的人对自己的接纳和理解时，就会少很多纠结。

3

有人提问说："如果好人没好报，为什么我们还要做好人？"

有人用哈维尔的一句话回答他："我们坚持一件事情，并不是因为这样做了会有效果，而是坚信，这样做是对的。"

在某一期的《奇葩大会》中，看到一个家产 200 亿，拥有全世界唯二之一的航母的富二代上台说他的故事。他说："我没有幸福感。"

没有幸福感的原因是，他一直活在父亲的控制欲下，"必须听话，必须成功"这八个字牢牢地困住了他，让他失去了自由与生活的乐趣。他曾经挣扎过，但是都被父亲用"不孝"镇压。

高晓松告诉他，人要有一以贯之的价值观，不能又想享受家庭给的奢侈生活，又想要自由。很多时候，生活是不能两全其美的。

“选一条路一以贯之，不能因为自己的利益和方便，或者便宜，今天这个兜里掏出了这个世界观，而明天那个兜里又掏出了那个世界观。”毕竟，人不能什么都想要。

4

用心喜欢自己当下的选择，一以贯之，胜过不断摇摆。

很多时候，我们不快乐并不是纠结于我们自己，而是纠结于我们和别人的比较。上学的时候比谁的成绩高，走进职场的时候比谁的工作好谁赚的钱多，结婚的时候比谁嫁得好，生了小孩之后又开始新一轮的比较。好像我们永远都活在别人的眼睛里，活在别人的评价中。

我们害怕自己的选择会让我们的人生付出巨大的代价，所以我们痛苦纠结，我们惧怕。

我们总觉得比别人强就是成功、比别人过得幸福就是自己幸福感的来源。

可是那样我们真的就会快乐了吗?

未必。

我们要明白什么是自己不需要的。当你的生活更有规划的时候，你会发现你要比之前快乐很多。我们要为自己的人生负责，努力做到对一切取舍恰当，那样你就会因为自己的果敢而带来自由和更多的快乐。

当我们不计较一切得失，不把人生当成是给别人的一场演出，我们干吗要在乎别人怎么看？关键是我们自己觉得怎么样。当我们勇敢地做我们自己，你会发现，你的内心会得到更多的平静，你也会收获更多的快乐。

要知道，那些致命伤终究会过去

每个人都曾穿越过不为人知的黑暗，如同在生活的迷途中倔强行走，没有方向和归属感。虚无像是落寞的漫漫长风，呼啸着打乱了你追寻的宁静。

但是总有一天，时光会变得温婉如水，黑暗散尽，在光阴里将遮挡阳光的枝蔓细细梳理，将人事的变迁认真拼凑。

亚楠永远不会忘记外婆去世时的场景，那年他 9 岁。那是夏天的某个下午，亚楠刚摘了树上结的果子准备给外婆一个惊喜。结果看到外婆躺在小屋的地上，他拉着外婆的手想让外婆起来，外婆没有任何反应。死亡对于亚楠来说，是那样的熟悉和陌生。

他哭了很久，嗓子都喊哑了，也唤不回外婆那句熟悉的“乖孩子，外婆给你包饺子”。无论怎么撕心裂肺，外婆再也不会对他说一句话了。

亚楠刚出生不久，父母便因为车祸去世，留下了他和外婆相依为命。本来亚楠的家境算是不错的，可是车祸的责任方在父母，所以外婆卖掉了房子赔了对方钱。年轻时是小学教师的外婆最后靠捡垃圾为生，所以亚楠在很小的时候，就像一个小跟屁虫一样，屁颠屁颠地跟在外婆身后，帮着外婆捡一些塑料瓶子。

外婆攒钱买回来的苹果，亚楠总是舍不得吃，悄悄地放在枕头底下留给外婆。他觉得外婆就像大树一样，无论狂风暴雨，只要有外婆在，他就觉得安心。

外婆去世后，亚楠成了孤儿。

他在坐大巴车找叔叔的途中，被乞丐贩子控制，成了一名小乞丐。每天讨不到钱或是讨到的钱太少，就会遭到乞丐贩子的打骂。那时的亚楠，满脑子充斥的只有两个字：逃离。

整整三年，亚楠都在悄悄地攒钱，他把讨来的钱，偷偷藏到鞋里或者放到离他们住的地方不远的一块石头下边，小小的他，眼神中已经有了不同于同龄人的坚毅和隐忍。

逃了 5 次，被乞丐贩子发现了 4 次，在第 5 次的时候，亚楠终于拿着攒的 500 元钱，坐上了离开那座城市的大巴车。

12 岁的亚楠，在另一座城市举目无亲，刚开始，他在一对夫妇开的面馆门口流浪，饿了就去买一碗面吃，晚上就睡到面馆门口的台阶上，后来面馆夫妇让他当了服务员。夫妇俩没有孩子，看到他这么懂事能干，就收养了他。

第一次睡到属于自己的小床上的时候，亚楠哭了。这些年，对于一个只有 12 岁的孩子来说，他承受了太多磨难。乞讨的时候跪得膝盖都直不起来，冬天手上都是冻疮，每次感冒的时候都没有药吃，头昏脑涨地向路人磕头，受尽路人的冷眼。

每个瑟瑟发抖的夜晚，他都好想念自己的外婆。乞讨的这些年，吃过的最好的一顿饭就是一位热心的路人给他的一碗泡好的方便面。他哭了很久，吃完面安心地入睡了。

面馆夫妇送亚楠去了学校，一个 12 岁的孩子上小学一年级，高年级的同学都笑话他，但是对于亚楠来说，能够去上学已经是他人生中最幸福的事。他白天在学校努力学习，晚上放学去帮面馆夫妇招呼客人，亚楠的心里对人生充满了无限的感恩。他学习格外用功，从初中、高中再到大学，他一直是成绩优异的好学生。他也用心去爱收养他的面馆夫妇，他感谢他们给了他第二次人生。

后来已经是博士的亚楠成了一名医生，他去了非洲的索马里，志愿为那里的患者治疗。索马里的那些孩子见识了岁月的残忍，他们在自己的家乡，以另一种姿势，脆弱而刚强。贫穷的力量如此持久而强大，那些孤苦无依的生命，让亚楠的内心波澜起伏。这么多年，他所经历的那些苦难，他所得到的和失去的，让他的内心变得更加坚韧。

索马里那些生活在边缘的人，没有食物，没有药品，没有水，什么都没有。简易的帐篷立在那里，有的已然破旧不堪。他们苍老到好似不再记得过去。他们生活的深处，暗淡无光，瞳孔里倒映着无法解读的无助。生命的意义对他们来说，只是活着。

看到他们，亚楠突然想起那几年乞讨的自己。他庆幸自己的人生在千回百转之后发生了改变，也庆幸多年后，他能够用自己的双手和智慧，为需要他的人奉献他的力量。

那些黑暗仿佛只是在你这儿小住了一会儿，它在寒冷撕扯里睡去，醒来时看见你坚韧宽容的笑脸，它便默默地想要溜走，那些痛失的、遗憾的、绝望的心情，在旧时光里一去不返。你的内心变得坚定，如果向着来路寻去，却再不见那些黑暗的身影。你要知道，那些天真致命伤，终究会过去。

再后来，35 岁的亚楠和一个外国女孩结了婚。某个清晨他在报纸上看到小女孩被饿死的新闻，想起了自己去福利院的情景，那些小孩子一尘不染的瞳孔中，是对这个世界的完全信任。他们有的不会说话、有的听不到声音、有的只会傻傻地笑……虽然黑暗悄无声息地靠近他们，但是他们的内心并没有意识到这个世界的残忍，依旧摇着小手，笨拙地在纸上画出最鲜艳的图案，用以抵挡这世间最远的荒凉。

在妻子告诉亚楠他要当爸爸的消息时，亚楠喜极而泣。他握住妻子的手说："亲爱的，谢谢你给我的惊喜，我知道经历过的苦难总有一天会回报我幸福。"他又想起了小时候外婆教他背诵的第一首诗：

草长莺飞二月天，拂堤杨柳醉春烟。

儿童散学归来早，忙趁东风放纸鸢。

那些历经千山万水长途跋涉到达我们身边的幸福暖意，在那样缓慢的时光里，对我们每一步艰辛走过的路途来说，都是一种铭记。

十年前，五年前，一年前，总会有不同的心境、不同的光景、不同的人或事，唯一相同的，是你内心的那个自己。

我们难免会在某个阶段遇到黑暗，将那些烙印着岁月痕迹的往事固守在心底，刻上属于我们的独家记忆，看一场光阴里的斑驳绽放。

大家只知道羡慕诗意的生活，却不知大多时候，诗意的生活是让我们咬紧牙关穿过那些不如意的瞬间。

尽管盛筵必散，青鬓难存，但是生活的脚步依然不停。老去的不是容颜，而是我们曾经浮躁的内心。随着时光流逝，你会发现，岁月沉淀之后，不停向前努力依旧是一件值得我们骄傲的事。

努力奋斗过，才对得起最好的年纪

1

鱼鱼说：“人活得好累，如果我中500万大奖的话，我就天天在家睡大觉。”

千万不要以为说这句话的姑娘是个不思进取的大懒虫，相反，鱼鱼的职业是个编导，经常为了准备一个文案而通宵熬夜。她经常开玩笑说自己最缺的不是金钱，而是睡眠。

10年前，鱼鱼17岁，高中毕业的她并没有考上大学。

她带着家里仅有的一部DV(数码摄像机)和3000元钱,去了北京。

她的梦想是拍一部纪录片，能成为一名真正的导演。年少轻狂的鱼鱼，买了张硬座票，就从家乡坐了26个小时的火车到了北京。

那时，鱼鱼连最便宜的房子都租不起，她租的是床位，四个人每天回到30平方米的集体宿舍，洗一把脸就躺在床上入睡，冬天冻得盖两床被子都不管用，夏天一晚上被蚊子叮无数个包。那时鱼鱼选的主题就是记录其他三个姑娘的奋斗历程。

小 A 是她们当中最辛苦的姑娘，白天在超市当收银员，晚上在网上联系买家卖小饰品，常常一天累得只吃一顿饭，而且小 A 把赚来的大部分钱寄给了家里。她说妹妹要上大学，她想要让家人过上更好的生活。

小 B 是她们当中长得最丑的姑娘，但也是野心最大的姑娘。她常说："我一定要嫁给一个北京人，我要在这个地方扎根发芽。我要从小豆芽长成参天大树。"果然，不到半年她就从豆芽长成了大树，不是她的生活发生质变，而是她的体重发生了质变。小 B 上的是半天班，所以另外那半天她就窝在床上看言情小说，幻想着有一天和自己的白马王子偶遇，上演一出"青蛙公主"的完美爱情。

小 C 是最乐观的姑娘，她一边在肯德基打工一边学习。她的目标是读研出国，甚至说梦话都在练英语口语。

而鱼鱼，每天拿着她的小 DV，在这几个姑娘间穿梭切换，有时候其他姑娘也会嫌她烦，觉得她不务正业，觉得她的梦想只是白日梦。而鱼鱼没有任何经济来源，除了每个月爸爸妈妈给她寄来的生活费，她一无所有。有时候，她在公交车上坐着坐着，都会忍不住掉下眼泪。

梦想真的太遥远，不是仅仅靠自己的意念就能实现的。第二年，鱼鱼决定回去复读。

在北京的那一年，她突然懂得，光有一腔热情，根本解决不了任何问题。

2

鱼鱼记得复读那一年的时光，每天早晨 4:30 起床跑半个小时，5 点开始背诵相关内容，中午吃饭的时间都在复习考试点，每天晚上 12 点入睡。鱼鱼第一次体会到学习的艰辛，也第一次体会到了学习的乐趣，虽然累，但是在校园那个单纯的环境里，只要努力，就能看到曙光。

鱼鱼觉得考试成绩是最不会说谎的鼓励。

她越来越自信，也越来越懂得梦想的可贵。

终于，那一年高考，鱼鱼考进了梦寐以求的传媒大学。

有时候不是我们的梦想太遥远，而是我们在实现梦想之前，首先得让自己变得更好。

鱼鱼在大学也格外用功。

她接到电视台录用的通知书后，躲在自己的房间里哭了好久。她把自己当年的那台小 DV 拿出来，看到里面的那三个姑娘，她突然想知道，这五年，她们过得好不好。

小 A 通过自己的努力，淘宝小店经营得越来越好，后来她成了职业淘宝店主，虽然辛苦，但是她的付出也得到了回报，赚了很多钱，让自己的家人过上了更好的生活，自己也变得越来越美。

小 B 沉迷在自己的王子梦中，用攒了两年的钱去整了容，抽了脂。变美的她果然在第三年遇上一个富二代，过上了衣食无忧的生活，但是在小孩出生后，孩子的长相遗传了她，长得丑，老公怀疑她有外遇，她不得已说出了自己整容的事实。从那之后，老公对她爱理不理，他们的婚姻陷入了冰冷的谷底。她虽然有了北京户口，却过得一点都不快乐。听说在北京的第五年，小 B 离婚了。

小 C 如愿考上了国外一所大学准备读研，马上就要成为一名女博士。

3

鱼鱼突然感慨，我们只有一次人生，怎么样才能不辜负它？

我们熬夜，有人说："熬夜是在拿生命开玩笑，连健康都不注意的人又怎么能成功？"

我们安逸时，有人说："不要在最好的年纪选择安逸，多年后的你，会感谢现在拼命努力的自己。"

其实我们拼的不是命，而是更好的自己和生活。

这里所说的拼命不是要你不吃不喝不睡，只埋头苦干。这里所说的拼更是一种行动的执行力，当你确定了一个小目标，你一定要为这个目标去奋斗。不管这个过程有多累，你一定要有坚持下去的决心。

记得几年前有一句话是，你只关心我飞得高不高，而不会关心我飞得累不累。

我想说的是，在你需要飞得高的年龄不要矫情地关心自己飞得累不累，飞得累不累不是你现在需要考虑的事情。

曾经有一个记者问拳王阿里：“你每天做多少个仰卧起坐？”

阿里回答道：“我从来不数自己做了多少个仰卧起坐，我会一直做到肌肉痛到实在无法坚持，这才是关键。”

只有拼一把，我们才知道我们究竟要过什么样的生活。

只有在最好的年纪努力奋斗过，我们才对得起那被称之为最好的年纪。

谁的成长不是惊心动魄的

做错选择不要紧，日子惨淡也不要紧，管你是庸人还是鬼才，都逃不过惊心动魄的成长。

1

Mango 大三时忽然开始怀疑人生，觉得很多事情都是为了别人在做，就像一只不想飞翔的鸟，因为大家都飞所以不得不放弃行走的权利一样。

当时她成绩不差，如果再努力一点，保研不成问题。Mango 妈仿佛已经看到自己闺女日后一帆风顺的人生，开心到和邻居聊家长里短都不再尖酸刻薄。可是 Mango 放弃了考研，一毕业就跑到南方去做小成本生意，她说要做自己想做的事，再也不想活成别人眼中那种好的模样，像秋末的燕，一去不回头。

Mango 妈看起来一下子老了好几岁。起初，邻居问起 Mango 的事情，她只假装听不到，后来干脆甩开脸，说我闺女去做老板了，你们不要太羡慕，她每个月赚的可不比你们家孩子少。

然而事实上，Mango 只是一个没有兵的老板，卖的是原创 T 恤。当时做原创 T 恤的商家不多，喜欢的客人也是寥寥可数，Mango 做的网店，虽说成本不高，但赚到的钱连维持基本的生活都困难。

幸运的是，喜欢原创 T 恤的客人往往都会成为回头客。不久后，淘宝上做原创 T 恤的商家忽然多了起来，客人有了更多可选择的商铺，Mango 的店几乎没有流水。于是，来年春节，她灰溜溜地提着行李回了家。

Mango 妈再见到闺女，破天荒地没唠叨她，还给她做了一桌子好吃的，鸡鸭鱼肉样样齐全，大冬天的愣是买到了一捆芥菜，那一大盆芥菜豆腐羹端上桌的时候，Mango 忽然忍不住哇哇大哭："妈妈，你怎么也不骂我啊！我把大学给人做设计的钱全赔光了，还耽误了考研，你怎么还对我这么好呀。"

Mango 妈摸摸 Mango 的头，说："年轻人啊，谁还没走过点儿弯路。"说完，她给 Mango 盛了一碗芥菜豆腐羹，说："等过了节，要么去找工作，要么在家准备考研，你可别给我在家当闲人啊。"

或许是 Mango 妈的芥菜豆腐羹太暖，Mango 后来入职一家很不错的互联网公司，一边上班一边准备考研，拿到录取通知书的时候，她已经为自己攒好了第一年的学费和生活费。

Mango 真的是个足够懂事也足够贴心的女儿。

2

我想，Mango 妈那一句“年轻人啊，谁还没走过点儿弯路”换个说法，大概是“谁的成长不是惊心动魄的”。

日本导演北野武出生在京都。他家不富裕，父亲是油漆工，母亲像大多数日本女性一样，是地地道道的家庭主妇。他是家里最小的孩子，也是家里唯一一个辍学的孩子。

这件事情对他母亲打击很大，然而北野武却仿佛没当回事。此后，他做过酒吧服务生，也做过建筑工人，先后换了很多职业，最难的时候要靠朋友收留，日子惨淡无比。

转折发生在25岁时。那一年，北野武想到演艺界发展。他与兼子清成为对口相声搭档，毒舌风格备受喜爱。此后数十年，北野武几乎每天都出现在电视机里，每一天都过得很开心。他说才华，是一个人在这个世界上能让自己真正挺胸站立的最重要也是唯一的东西。真正有才华的人，他的人生，注定不会像普通人一样无聊。

后来，北野武开始参与电影演出，在《圣诞快乐，劳伦斯先生》中，他的表演被导演大岛渚称赞为“一个完美的罪犯”，自导自演的电影《凶暴的男人》获得了当年日本电影奖的最佳影片、最佳导演、最佳男主角和新秀奖。此后，他拍摄了《坏孩子的天空》《花火》《菊次郎的夏天》《座头市》等电影，包揽诸多奖项，暴力美学相当独特，堪称“才华横溢的鬼才”。黑泽明临终前曾修书给他，说：“北野，你干得很不错，如果没有你，日本的电影未来将混沌一片。希望你能谨记我的托付，继续发扬日本电影的传统。”

做错选择不要紧，日子惨淡也不要紧，管你是庸人还是鬼才，都逃不过惊心动魄的成长。

3

这个世界从来没有风平浪静的成长。没有惊心动魄的成长，春芽如何破土？如何长成顶天立地的参天大树？

白岩松的学生时代也不是“好孩子范本”，他抽烟喝酒，父母口中“坏孩子”的生活离他并不算远。谈及自己的成长经历，他说，把任何一代孩子中学时代的成长真相，和盘托出在父母面前的话，一定会让他们感到惊心动魄。

所谓成长，就是不断犯错，不断修正。成长没有范本，没有百分百完美的妈妈，你也不需要做百分百完美的小孩，绘本里所谓的模范宝宝只是为了教育小孩守住做人的道德底线，遵纪守法，不要去做出格的事情。就像北野武说的，反正人怎么都会去死，就这么回事。出生，吃饭，拉屎，生孩子，最后死掉。不管你怎么想，怎么做，别给社会添麻烦，规规矩矩地活着，总这么想准没错。

但每个人都有自己的成长模式，有人用蛮力，有人用巧劲。等到过了懵懵懂懂、横冲直撞的年纪，才发现所谓的成长，总是惊心动魄的。

倘若未曾惊心动魄，你该给自己一段时间，重新温习成长的冲动，拼命想要长大，像大人一样独当一面，闯荡世界。

倘若你觉得在成长中受到伤害，也请不要难过，这是每个人破土而出必须经历的伤。疼痛是为了让我们记住成长的代价，和为了成长而拼尽的力气。

当你将智慧酿成红酒，仍可一醉自救

1

糖豆被同事戏称为“倒霉蛋儿”。

别人在室内开着空调开着小会，她被指派大中午顶着烈日去公司门口发传单；公司聚会吃饭的时候，她永远都是端茶倒水的那一个；公司年会的时候，她是美美的主持人旁边帮着递话筒的。

她觉得自己明明叫糖豆，可是自己的生活怎么这么苦呢？

小时候，因为家里条件困难，她的书包都是妈妈手工缝制的，运动会上没有小白鞋，她就把白纸糊在自己的球鞋上。别人看她的时候，总是用一副很同情的眼神，可是糖豆并不在意。她在同学中间乐观开朗，努力学习，始终认为学习会改变人的命运。

上了大学，她也遇到了自己喜欢的男生。

可是每到一个新的环境，她仍旧感觉到很大的差距。

有些女孩一支口红的价格，就是她一个月的生活费。

她的课余时间都在咖啡店里做兼职，那里总会有很多浪漫的故事发生。那个时候的她，觉得能被心爱的人送100朵玫瑰，该是多浪漫的事情。

大学毕业那天，她也被那个男孩表白了，不同的是，男孩拿的是一朵玫瑰。

尽管是一朵玫瑰，糖豆都开心得不得了。她觉得这个世界真好。

他们各自参加工作，虽然都很辛苦，但是对未来都充满希望。

那个夏天，为了攒更多的钱，糖豆在工作之余，晚上去烧烤摊推销酸奶。

她永远也不会忘记那个夜晚，她走到一个烧烤摊，夜幕下人很多，但是她听到一个熟悉的声音。

“你这样背着你女朋友出来，她不会发现吗？”

“不会的，她每晚都很晚才回来。”

“你爱她吗，会和她结婚吗？”

“她那个土包子，我怎么会和她结婚呢，没有一点生活情趣，整天就知道工作和攒钱，这几年，我看她买的衣服用手指头都能数得过来，我早看腻了。”

“来，干杯，为我们的相遇干杯。”

“等她再攒点钱，我就和她提分手。那样她心里也好受些。”

世界在瞬间坍塌。糖豆用力撕开所有酸奶，向店主借了一个小垃圾桶，把所有的酸奶倒进去，然后循着那个声音，倒在了那个人的头上。

她说：“不用等那么久分手，今天就分手，你给我的感情就像这个破垃圾桶一样，我不要了。”

2

那天夜里，糖豆哭了很久。

有时候，她觉得老天真的是不公平，为什么有的人什么都不付出，却能得到所有想要的，为什么自己这么拼命，换来的却是无尽的嘲笑和蔑视。

第二天一早，她到了公司，公司里的人并没有发现她的难过，依旧各自忙碌，依旧给她安排各种琐碎的工作。

经理也依旧板着脸，批评着糖豆前几天写的一个方案。

糖豆的内心不再像之前那样抱怨了。她突然觉得，与其停留在最基础的地方让别人嘲笑，停滞不前，不如努力让自己进入更高的层级。

她辞掉了那些微不足道的兼职，把兼职的时间用来学习。她用了三年时间考了人力资源师、地产评估师，也用自己攒的钱报了瑜伽班、口才班、古筝班。

她在公司的业绩也越来越好，她从别人口中的倒霉蛋儿变成了幸运儿。当她第一次流利地在会议上阐述她的想法时，当她第一次被提拔时，当她第一次穿着漂亮的礼服在年会上演奏古筝时，她知道，她已经不是当年那个土包子了。

3

很多同事都议论糖豆，你看她年纪轻轻，就年薪多少多少；她的机遇太好，要换作其他人，还不得熬个十年八年。

其实他们不知道，糖豆在决定改变的那天开始，就付出了常人难以想象的努力。

每天看书的时候，有时候累得眼睛实在睁不开，她就吃点芥末让自己清醒；中午吃饭的时间她都用来做笔记。她不记得自己多少次看书睡着忘了脱衣服，也不记得自己在地铁上看书坐过了多少次站。

周末别人都在逛街休息的时候，糖豆在辛苦背谱子练古筝，对于她这样的大龄初学者，老师是更加严厉的；她依旧记得在口才班，她第一次练习绕口令，被同学们笑到想要找个地洞钻进去，她发誓再也不开口说话了，可是静下心来，她觉得越是糟糕越要改变。

糖豆也记得瑜伽班上老师对她说："不要总觉得自己身材不好，一定要把内心的力量都打开，每个人都有自己最美的一面，我们要把生活当作一个舞台，把最好的一面展示出来。"

五年后，当糖豆终于以公司副总的身份站在年会的台上汇报一年的工作时，所有人都看到她微笑时最美的样子。

她说："感谢你们，也感谢始终没有放弃自己的我。"

4

很多时候，我们并不知道我们究竟有多少潜力。

那些我们认为“做不到”“不可能”的事情，在一定环境下真的可以“做到”，所有不可能都会变成可能。

有时候，局限我们的并不是周围的环境，而是我们的内心。

作家杨昌溢曾说：“后来我才明白，要过上简单、安逸、自由的生活，前提依然是得赚到足够令你安心的钱。这个世界是现实的，只有你用努力和自我，令它柔软。”

安于现状确实很舒服，但是想要更好的生活，想要看到更大的世界，想要被更多的人认可，你必须去努力。

有人说，你加过的班、读过的书、学过的技能都不会白费。所以奋力拼搏吧，它们默默储存下的力量，会在未来某一个时间出现，帮你渡过难关。

所以，好好努力。

从任何时间开始，都不晚。

倘若不是生活所迫，没有人愿意无故受人白眼

1

地铁旁的十字路口总有人发广告传单，大多是健身房的推广广告。

发传单的是个姑娘，看起来年纪不大，头发总是油油的，梳一个马尾辫。

一次，她硬塞给我一张传单，操着不太熟练的普通话对我说：“姐，一看您就是朝九晚五上班的人，每天坐着不运动，身体受不了，体形也不好看，单子上有我的手机，您要想来健身房，一定打给我。”

当时是夏天，天气闷热，姑娘的脸上有很多汗水，我接过传单，问她今天发了多久传单。

她说：“不长，和平时一样，下午 2 点开始发的。”说完她略有些腼腆地对我笑笑，转身去发手中余下的广告传单，忙碌起来。

后来，我注意到她的工作除了发广告传单，还有销售健身卡。她说她的工资是底薪加提成，为了拿到提成，所以每天到街上来发广告传单，希望有人可以拨通她写在单子上的手机号，完成一单业绩。

不过，她的销售业绩没有得到显著提升，倒是平白受了很多白眼。大多数人从她身边匆匆而过，当她把广告传单发给他们时，常常遭到漠然的拒绝，或者嫌弃的白眼。

“您说我也不是坏人，为什么对我这种态度呢？”她说这话的时候，一脸不理解的样子，又自嘲地笑笑，说：“也难怪，大家都忙着赚钱，我一个做销售的每天在这里发广告传单也是挺招人烦的。”

我安慰她说：“别往心里去，你和大家一样，都在为更好的生活而努力。”我不知道她有没有相信我说的话，但我说这话的时候，是心疼她的。

如她一般忙碌的姑娘，在城市中并不少见。她们如我们一样，每天为生计而奔波，承受着我们没有体会过的压力，却不为人们所尊重。然而说到底，他们也只是在工作罢了。

倘若不是生活所迫，没有人愿意平白无故受人白眼。

2

日本有家餐厅，叫“会上错菜的餐厅”。

食客在这里吃饭，如果点了汉堡，可能端上来的会是饺子，没有食客因此而发脾气，因为这家餐厅的服务员都是不幸罹患阿尔茨海默病的奶奶。

在这里，每一位服务员都被食客温柔以待。

其实不只是服务员，不同行业的薪水有高有低，参差不齐，但无论人们从事什么行业，做哪一种职业，每个月拿多少薪水，都值得被我们尊重。

《中餐厅》热播，经营餐厅的明星们感叹做餐厅不容易，纷纷表示以后去餐厅吃饭再也不会催着上菜了。

任何事情，只有自己亲自做过，体验过，才能深切体会到其中的不易。

不是人人都可以选择自己的工作，但每个人都要赚钱养家。我们不知道谁的家里有身体不好的老人，谁的家里有一个嗷嗷待哺的孩子。

正如《了不起的盖茨比》中说的："当你想要批评别人的时候，你要切记，这个世界上的人并非都有你具有的条件。"

生活需要金钱支撑，无论从事什么行业，做哪一种工作，工资是多少，都应当被我们温柔以待。即使她不是阿尔茨海默病患者，年纪很轻，行动也很利落。

3

说到服务行业，我想起一对小夫妻。大学毕业后，他们两个去了同一家公司工作。后来，由于那家公司经营困难，他们双双辞职，开了一家淘宝店，做了旅拍摄影师。

通常，他们会在年底制订次年的拍摄计划，做出整个年度的行程单，放在网店中让网友约拍，最多不过次年2月，拍摄档期便会全部约满。

他们的工作看起来很棒，春天在江南，夏天在东京，秋天在青海，冬天在象岛，但他们付出的辛苦也是我们想象不到的。

他们一个负责拍照，一个负责修片。负责拍照的人常常会在烈日下趴到地上拍照，被地面灼伤的皮肤会红肿过敏，刚刚好一点，又要投入下一场拍摄，过敏的症状便在夏日里周而复始地发作，总也好不了。

这些辛苦，他们都忍下来了。让他们难以忍受的是，当他们交出彻夜修好的成片给客户，换来的却是客户的冷嘲热讽，“就你们这种水平，也敢称自己为旅拍摄影师？我老公都比你们拍得好。算了算了，我这次就当花钱买个教训吧”，诸如此类。

他们的收入比朝九晚五的打工族高一些，但他们作为服务者，并不该理所当然去承受人们的不尊重，“如果对成片不满意，可以要求我们再修改，或者重拍，这样否定我们的劳动与付出，心里真的是很难过。”负责拍照的姑娘说。

每个行业有每个行业的辛苦，每份工作也有每份工作的价值，赚到的钱是这个世界给我们的掌声，而人们的尊重则是我们辛苦付出后梦想得到的成就感。

尊重每一个为你服务的人，也是尊重你自己的辛苦，给予他人梦想得到的成就感，其实做起来很简单。

Part 5

喜欢你，离开你，是我一个人的事情

你已不是我心底的秘密，却还是我心中最美的记忆。我把所有爱你的事做了个遍，却只字不提喜欢。时光匆匆，只愿我们，可以各自欢喜。

不管什么时候，都做一个不凑合、不打折、不便宜、不糟糕的好姑娘。

——严歌苓

我缄口不语，却爱了你无数个冬夏

1

奇奇在地铁上看书，刚想翻页，边上一个很帅气的男生对她说：“等一下，我还没看完。”

奇奇抬头，目光正对着男生好看的眉眼。奇奇那本书已经看过了，为了打发时间，她在地铁上带着那本书，虽然男生长得好看，但是他那一瞬间的话语还是让奇奇觉得不舒服，奇奇用力合上书，“你以为你是霸道总裁啊，电视剧看多了吧。”

奇奇起身下车，男生发现奇奇居然和自己上同一所大学。

男生看着眼前的奇奇，穿着小靴子，森女系的裙子，蘑菇头。

从背影来看，男孩觉得奇奇更像一只松鼠。

有些感觉真的是一瞬间的，男孩觉得自己明明就很帅，多少女孩都巴不得有机会和他说句话呢，而奇奇却赤裸裸地无视他。

他竟然对这种无视有了深深的挫败感。

奇奇有时候一个人走在操场上，她在想，时光是怎样把我们变成了现在这个样子？

她画的第一条眼线歪歪斜斜，第一次涂的口红像是嘴角刚流完血。空气刘海在某一天醒来全部翘了起来，那些画面真的很糟糕，和自己心里想的小清新完全不一样。

但是想着想着，她还是会发出笑声，那大概就是最单纯、最难忘的时光吧！

那天遇到男孩之后，虽然把男孩臭骂了一顿，奇奇的心其实还是动了一下，因为那个男孩真的是她喜欢的类型，高高大大，笑起来有些痞却很无害，像邻家小哥哥一样。

她偶尔也会在篮球场看到他，投篮的动作也很帅。

虽然大汗淋漓，但是满满的都是青春的味道。

有时候，奇奇会悄悄在男孩打球休息的座位上放一瓶水。那一个放水的小动作，很多人都没有注意到，但是奇奇却鼓起了不知道多大的勇气才完成。

2

后来的某一天，奇奇在地铁上又遇到男孩，不过男孩的身边多了一个漂亮的女孩。

那女孩真的很漂亮，眼睛清亮得像早晨晶莹的露珠，笑起来露出白白的牙齿，长发和长腿比例完美。男孩看女孩的眼神真的很温柔，那种感觉像夜空中特别明亮的星星。

女孩和男孩站在一起真的很般配。

奇奇觉得自己像参加舞会过了12点的灰姑娘，水晶鞋和南瓜马车都变回原样，一切不过是自己最美好的幻想。12点之后，一切都回到了原点。

奇奇在心里安慰自己：算了，至少遇见过，至于有没有结果，都不重要哦。其实心里真的很难过，像小时候自己最心爱的小熊丢失了一样。

也许，今后的梦里，再也不会有他的影子了。

之后，奇奇静下心把更多的时间用来努力学习。虽然有时她也会想起那个男孩，想象着更多自己设计的情节，像有一个虚拟人物的陪伴，有这样一个人物在自己的假想中存在，也很不错呢。

暗恋一个人的感觉就像过山车一样，会因为很小的一件事情开心很久，也会因为很小的一件事情就忧伤不已。明知道结果，没有纠缠也不敢、不去破坏那份感觉。

几年后，奇奇在整理自己的旧物时，发现了几年前看的那本书，她想起了那天看到的男孩好看的眉眼。

心里没有难过，更多的是一种释然。

就像《请回答1988》里的德善和正焕。正焕在自己的世界里，那么用心地爱着自己喜欢的人。他一个人在深夜辗转反侧；一个人在德善家门口吹着冬天的风翘首等待，把鞋带拆了又绑回来，一次又一次；他在雨夜里给德善送去雨伞，跑回家里倚着门开怀大笑。

终于表白之后，他忽然又开玩笑地推翻了。最后在餐厅里，所有人的青春散场，只留下了他的那枚军官戒指。

或许我们都曾为某一个人心动过。

我们也都会因为那一次心动而拥有很多不曾体会过的感觉。

3

有个姑娘和自己从16岁开始喜欢了六年的人，在海边拍了一张光脚丫的照片。

那天是他到烟台出差，打电话给她，那时她已经两年没有他的消息。她翘了课，穿了裙子去见他，他们像恋人一样在海边牵着手光着脚走了很久，他们默契地很少说话，第二天他走的时候，她没有送他，删掉了他的联系方式，从此再无联系。

她说到如今他们认识近十年，相互爱过短短半年，其他大部分时间，都是她在孤独无望且无休止地爱他，她身上唯一的文身是他，没人知道，她也一直没有洗掉。

有人说，这世上除了执子之手，还有那么多的爱而不得。

人来人往，好多爱已经走失在人海。

我们曾以为，爱一个人就一定能走到最后，都曾以为说过的话，做过的事，都是爱情最好的承诺，哪怕隔得再远，只要在心里，就可以义无反顾地坚持下去。

在我们心里，好像真的是，一眼万年，海枯石烂。

4

刘若英在某场演唱会现场，一首《后来》唱到最后竟然泪流满面。

人这一辈子，最害怕突然某一天听懂了一首歌，因为那一刻往往已经物是人非、曲终人散。

《下一站天后》里有一句歌词："最后变天后，变新娘，都是理想；其实心里最大理想，跟他归家，为他唱。"

我们以为爱可以跨过人山人海，其实最后跨过的还是我们自己的内心。

去过很多地方，却不曾遇到一样的你。

祝你幸福白头，一个人到老

1

朋友小诺逛街时看到前男友牵着现女友的手的时候，一向天不怕地不怕的她瞬间㞞了。她当时真的想让自己变成土地公公钻到地底下。

他们牵着的手更像是嘲笑她的一张脸。

她没有心情再逛下去，再美的衣服在她眼里也成了破布一条。

她记得在分手的时候她对男朋友说："祝你幸福白头，一个人到老。"

明明在心里有那么多怨恨，明明再也不想看到他。可是在看到他们"两个人"的时候，心里还是充满了无限的失落。

哪怕是他一个人出现也好呀。

有个姑娘说，她曾发了句"晚安"给他，一晚上醒来四次看手机。就是那种可怕的朦朦胧胧的意识，梦里都听到他好像回了自己的信息，然后意识带着她从梦境中挣扎出来，立马去翻看手机。那大概就是思念深入骨髓，竟连梦境都不愿意放过。可是分开后的想念，真的叫作“多余”。

更让你无法接受的是，你那么在意的那个人，却离开了你的世界。

王家卫说：“我不知道该怎么和生活中无法失去的人说再见，所以我没有说再见就离开了。”

不告而别才是真正的离开。

祝不祝福，都不重要了。

2

网友“夏末的碎片”在男友婚礼的前一个月，收到了对方寄来的婚礼请柬。

她就开始减肥，买了特别好看的裙子，做了特别好看的头发，在熬过几个失眠的夜后，去了前男友婚礼的现场。

前男友挽着新娘朝大家笑着走来的一瞬间，她失去了全部的力气。

她说：“我知道一切都会过去的，我也只是很遗憾，在他身边穿着婚纱的人，不是我。”

还有个姑娘，她和男友是异地恋，一个在丽江，一个在盐城，彼此距离 2052 千米，有一个月她跋山涉水去看他，待了 8 天见了 5 个小时，各种过敏、各种水土不服、各种感冒，有 5 天基本是瘫在酒店床上动不了。但是这个姑娘还是很开心，后来那个月的月底男孩说分手，然后女孩又一次飞过去看他，待了半个月，男孩也没见她，后来男孩却去了长春，距离她 3878 千米。

有时候，我们说时间和距离真的很残忍，无声地割裂了那么多相爱的灵魂。

可是最后让我们分开的真的是距离吗？可能还是那一颗不够坚定的心。

3

有一名服装模特，怀孕已经 6 个月，每天仍然在低温的工作环境里进行几十场拍摄。她说："我这么拼，就是为了多赚钱。因为，宝宝在出生的那一刻就注定没有爸爸，她的爸爸要和别人结婚了。"

并不是没有恨，只是爱情无法再还原成原来的样子。

一个作者写道：

> 回来打开行李箱的那一瞬间，一个人待在屋子里听《说散就散》的那一瞬间，我是真的有想你。不管过去你多么可恶、多么坏，做了多少恶心的事情，但是至少我遇见你的那一个晚上曾感到无比真心的快乐和温暖，以及你递给我钥匙用很不熟悉的英文说"以后这里就是你上海的家"时，那种温暖和感动都是真的。再见了，

不后悔和你分开；再见了，我也不后悔这短暂的时光里我所犯下的愚蠢；再见了，我也不后悔曾经那么那么真心真意地喜欢过你。再见了，永远不会再见了。也许有一天你会看见这段话，希望你在看见的时候也曾在心里生起一股善意的微笑。我愿，愿，这个字多么好啊，上原下心。原谅，爱过的一切真心。

就像《献世》里那句歌词："不介意孤独，比爱你舒服，别离就当祝福。"

4

有时候，道理我们都懂，只是不开心。

电影里有一句台词："搞怪的不是红绿灯，不是时机，而是我数不清的犹豫。"他根本就不喜欢你，他只是舍不得你那份鞍前马后的殷勤。

失恋以后，我的朋友梓杉得了暴食症，她控制不住自己的食欲。

有时候，一个人待在自己的房间里，她会突然觉得自己很没用，连正常吃饭都变成了她的奋斗目标。但是，每当梓杉控制不住食欲大吃的时候，她的妈妈就坐在她旁边陪她吃糖分很高的东西，要知道，她的妈妈还有严重的糖尿病。

后来，梓杉明白，这世界上就是有人义无反顾地爱着你，不是因为其他原因。慢慢地，她的心情好起来，结束了那段暴食的时光。只有变成更好的人，才能对得起每一个更爱我们的人。

当你把最难熬的那些事情都熬过去，大概也会变成另一个更好的自己吧。

有人说："祝他幸福。而你，也得将自己拧拧干，到阳光底下晒晒了。他都为别人撑伞了，你何必去回望他们的背影。"

感情中，离开也要体面，才算没辜负这些年的爱恋。

我站在你的左侧，却像隔着银河

很喜欢一段话：

你在哪座城市哼着哪首老情歌
你理了怎样的发型，你坐上了几路的夜班车
你是在喝着冰可乐还是热咖啡
或许你正拨通电话
你是在夜色中奔跑还是早已昏沉入眠
我不知道你在哪里却坚信我们终会相遇
陪我沉默看风景
陪我哼着老情歌
你在哪里都好
只要你还在等着我
我就在这里
不等风
只等你

1

高中时，每个人发个胸牌，一次来检查前，纪律委员跑到教室大喊："大家快把胸罩戴起来，来查了……"全场鸦雀无声，而那个纪律委员尴尬地看着班上的所有女同学。

只有张豆捂着嘴大笑，然后用大嗓门说："没胸的是不是就不用戴了？"

张豆总爱说："爱笑的女孩运气都不会太差，可是我们成绩差啊，天天光知道哈哈哈了。"

鱼和熊掌不可兼得，丑和穷可以同时拥有。她觉得她自己是个佛系女孩，不仅拥有佛系的生活态度，还有佛的体重。

为了心爱的男孩，她努力减肥，努力变美，想和《初恋这件小事》里的女主角那样，来个完美的逆袭。可是等她的确从猪猪女孩变成猪猪女侠，她不明白自己吃了那么多猪蹄子为什么皮肤还是没变好。

毕业后，张豆发现自己喜欢的人真的是当年的那个纪律委员，高高帅帅，连说话的声音都特别好听。

可是她觉得自己是备胎，还不是首选备胎，而是退而求其次的其次的备胎。

纪律委员总是在和女朋友吵架之后给张豆发信息："嘿，能不能出来聊聊天？"

本来内心犹豫了千万遍，可还是没忍住出去见他。

有一次，纪律委员又约她，他们刚见面说话还不到五分钟，他的女朋友打电话来，他们瞬间和好。纪律委员撇下她去找女友，张豆的冰淇淋化了一地。她觉得自己就是一个悲惨的备胎。

2

有个姑娘说，有人问她："你是从哪一刻决定放弃一个人的？"

她回答说："那个时候我在玩一个游戏，打了很多天都没过关，我就跟自己说，这么难的一关如果过了，就说明我跟他之间有可能，可是那一刻，我突然醒悟，我跟他之间已经渺茫到开始把希望寄托在这种事上了。"

明明身边有很多人，却好像空无一人。

所以我们一直在寻找，寻找一个梦想，寻找一个陪伴自己的人，寻找我们生活的意义。

很多人好像都有过这样的爱情，以朋友的身份陪在喜欢的人身边。

不是因为不想在一起，只是一直在等一个答案。

有人说，她做过最孤独的事情，就是每周一个人去逛超市，通常是在结束五个小时的实习和三个小时课后的晚上，停车场上车已经寥寥无几，开过很多遍的路，不需要导航也能到达。

有时候，不说出来的暧昧，是不是仅仅是一个人的独角戏?

3

有个姑娘问她的前男友：“我很想知道，分手两年后，当你再次想起我的时候，脑海中会闪现些什么？”

前男友回答：“好像只是你的名字吧，其他的我都忘记了。”

那句回答深深地刺痛了女孩的心。虽然她知道，不爱就是不爱了，再多的好都已经属于曾经，可是，曾经自己那么深爱也深爱自己的人，最后只回了简单的一句“我都忘记了”。

对于错的人，大概忘记就是最好的样子吧。

4

有个姑娘说：“他在距我 2400 公里以外的地方，松开了我的手。继而，我也彻底地消失在他的世界里。分手一晃，便过了一年。我剪去了及腰的长发，推平了半边的鬓角，删除了所有关于他的蛛丝马迹，去了宁蒗、迪庆、剑川、普洱、版纳。一年时间，踏遍了云南的很多土地。我看过美丽的经幡塔，我走过寒冷的苍山无人之境，我在深山草甸的小木屋里躲过风，我数过凌晨沙溪夜空中的星，我结识了许多五湖四海的驴友。我一个人飘荡了很久很久。他如约，没有再找我；我也守信，没有再提起他。五年的爱情长跑结束。傍晚在地铁里，第一次听到《郭源潮》这首歌。人群中，眼泪就那样止不住地流下。我多么奢望你会记得我啊，又想你还是忘了吧。五年的记忆随着眼眶湿润，一下又清晰了。”

5

动画电影《玛丽和马克思》中的玛丽，因为额头上难看的褐色胎记而自卑。

她辛苦攒钱去做了手术，除掉那块胎记，然后，玛丽去找她的暗恋对象戴米恩，打扮得花枝招展，和从前的朴素大相径庭。她觉得只有变得完美，才配得上被喜欢。

可是戴米恩对她说：“呃，玛丽，我想说，你的鞋上沾了狗屎。”

玛丽跑回家大哭，她觉得自己被生活欺骗了。

有时候，那些吞吞吐吐的青春，后知后觉遵循着爱过的人走过的路开始奔跑，蓦然回首，却发现那个人自己根本就不了解。

6

那一年，子安刚满23岁，正好是大学毕业的第一个盛夏。匆匆参加完几场大型招聘会后，她找到了自己的第一份工作，售楼部销售。第二天，她揣着身上仅剩的500元生活费买了一张演唱会门票，演唱会上，站在她旁边的那个男生，在现场灯光的照射下，好看得让子安觉得好像在幻觉中。

演唱会结束，子安鼓足勇气要了男孩的电话。那些天里，她无数次地想要发个消息给他，可是在按发送键的前一刻，又删除了。

直到她工作半年后，在一次工作培训中，子安又遇到了男孩，原来男孩在另一个分公司。这个世界有时候小到让我们觉得遇见他好像就是昨天的事情。

男孩开始注意到子安。

他发现他们的很多想法都很一致，会一起到公园晨跑，喜欢去小动物之家帮忙，会努力感知周围一切美好的事物。

子安也发现，男孩在慢慢向她靠近，带她一起看凌晨5点的月亮，一起给流浪的小动物买狗粮。

某一个夜晚，两个人看完电影，男孩自然地牵起了子安的手，子安的心里莫名地有一种从未有过的安心。好像自己之前一直像一只孤独的长颈鹿，如今遇到了自己的那片森林，给了她明媚的阳光和滋养。

他们在一起的第三年，男朋友升职加薪，工作越来越忙。

但是他们还是规划着今后的小生活，想着再努力一下然后结婚安定下来。

他们在一起的第五年，男朋友西装革履每日忙碌应酬，再也没有时间陪子安跑步、陪她去喂流浪狗。

子安发现，越到后来，好像离她之前设想的简单生活越远。

他们分手的第二周，子安一个人坐火车去了新疆，那是男孩最喜欢的地方。她坐在座位上，朝窗外看了看天空，心想：原来，很多时候我们以为在同一轨迹上的两个人，终究还是会错开，就像火车一样，驶向不同的终点。子安手上戴的那串手链，还是男孩当年送给她的。他说："爱你的每一天都是我做过最好的事情。等我再努力一些，一定让你过上想要的生活。"

可是，子安重回一个人的世界。

7

有人说，就算有一千页的聊天记录，心的距离也不会近一米，别让你们的亲密，仅仅活在虚拟中。

那个我们认为永远不会忘记的人，多年后，早已被时光遗忘在某一个角落。

多年后，某一个瞬间，会让你记忆犹新。

他曾是你的天空，是你无悔的依靠。他是你无声的想念，藏着你的过往。他是一颗遥远的星，是你生命中的休止符。

他说："平生总相误，只宜无情游。"

你说："散了吧，忘了吧，就到这儿吧。"

不去打扰对方的生活，才是最后的温柔

“如果有一天我不在了，你会去找我吗？”

“不会，因为我不会让你从我的世界消失。”

“你还爱我吗？”

“对不起，我遇到了比你更适合我的人。”

1

婉婷和男朋友分手了。

一个星期，她去找了男朋友20趟。在门口撕衣服，抹上番茄酱假装吐血，拿着弹簧刀假装割腕，把围巾挂在门口声嘶力竭地要上吊。

就像周冬雨在《喜欢你》里面趴在车的引擎盖上刻字，她所有的这些行为都只是想让男朋友知道，她有多在乎他。好像用“一哭二闹三上吊”来形容她还远远不够。她是那种不用给她蹿天猴，自己都能上天的姑娘。可是男孩的反应，只是越来越多的厌恶和反感。

他甚至说：“如果你再出现，我就报警。”

那些字眼像寒冬的风雪一般，让婉婷彻底地冷了心。

为了和好，婉婷整夜整夜失眠，大冬天的熬到清晨 6 点出门坐两个小时的地铁去他家楼下，在寒风中瑟瑟发抖，站了快两个小时，婉婷说：“我那么骄傲的一个人为了他什么都可以不要，最后还是一场空……”

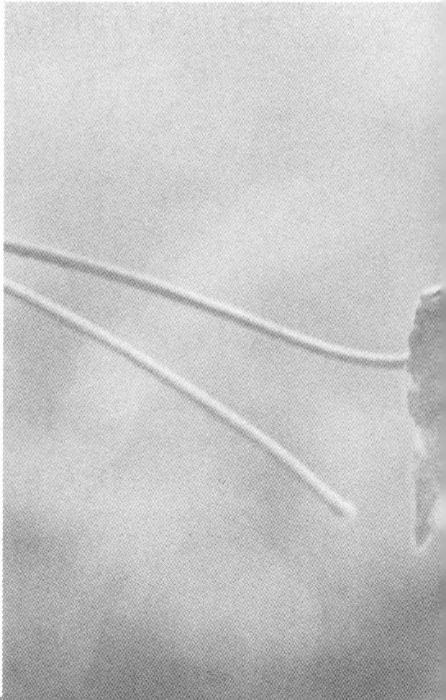

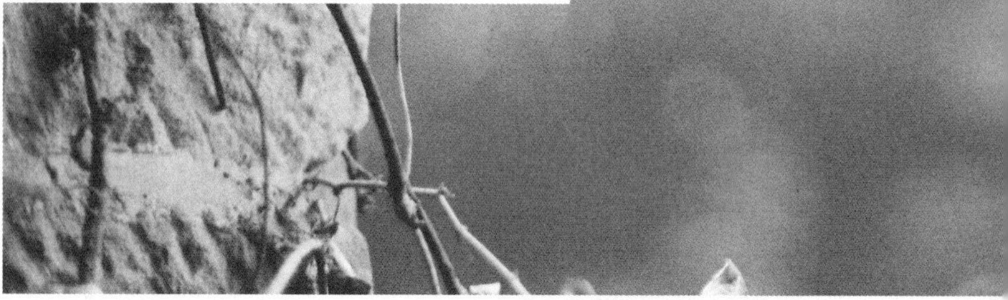

那段时间，婉婷像一个失魂者，每天心里都像被巨大的阴云笼罩着。

她真的想不通，为什么曾经那么爱自己的一个人，说不爱就不爱了。

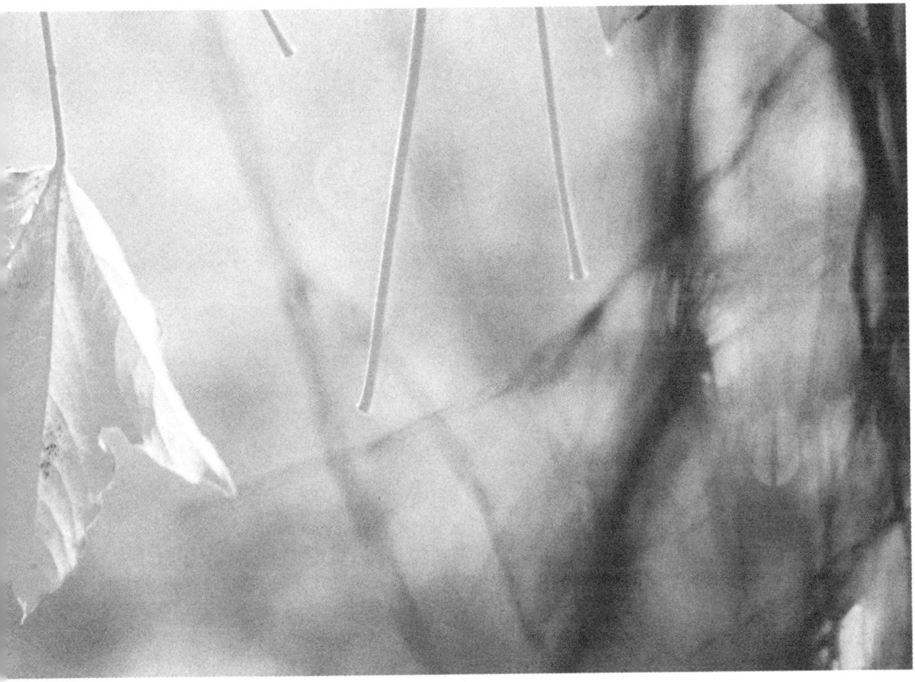

有一天，她穿着拖鞋出门，在门口的小公园边走边哭，哭过折腾过后，自己坐在公园的长椅上。有几个小孩拿着气球从她面前跑过，她低头看看穿着拖鞋狼狈的自己，突然想明白了，自己无限度地沉沦下去，没有任何意义。

我们不能因为一个人的离开，就否定了自己的人生。婉婷在那个瞬间，突然觉得这个世界还是那么温柔。

第二天，她换上了自己最喜欢的连衣裙，化了美美的妆，扔掉了旧手机。

她再也不需要用别人的冷漠折磨自己了。

不去打扰别人的生活，才是真正地放过自己。

张小娴说，一个人的孤单，并不可怕。最可怕的，是有了伴侣之后那份孤单。

伴侣糟糕，你却不能离开他，那是最孤单的。你和他，曾经有过许多快乐的时光，你以为从此不再孤单。只是，许多年后，你忽然发现，你宁愿孤单一个人。

2

一个网名叫“不潇洒小姐”的姑娘说，7月19日那天，早上醒来时的淅沥小雨，中午慢慢转变为大雨，天空阴得快要掉下来似的。手机一直静音模式，却也挡不住进来的未接电话和短消息。

那一天，原定是她举行婚礼的日子。婚纱照拍了，亲朋好友通知过了，婚庆司仪定了，连给她外婆定做的新衣服也拿回来了，婚礼却在婚期前两个礼拜决定取消。

那可能是天曾经塌下来的地方，她在那个过程中哭过、怨过、恨过、后悔过，该有的情绪统统都表现过了。

她说：“大家觉得就是分手，时间过去了事情也就自然过去了，我也这么认为。当这一天清早来临，我才真正觉得恐慌，对，是恐慌而不是痛苦、难过这些词语。我在一瞬间恐慌我的人生我的成长我的青春，我还有多少时间来犯错认错改错呢，可是找不到答案。”

然后，她去车站买了最近的车票到达陌生的城市，到达的时候已经是下午，雨也渐渐变小，然后就出现了好看的晚霞。她站在陌生城市的天桥上望着天边雨后初晴的美好，尽管不知道往后会发生什么，却不再害怕。

没有人要求她必须从分手中走出来，她也没有想要立马好起来、强大起来，该过去的总会过去。

她说："嗯，最后，还是会好的。"

是的，时间总会把一切都带走。

不管有多么深刻的伤痛，时间都会慢慢让它痊愈，因为几年的时间，我们全身的细胞都可以更新一遍。那么，对于一个人，我们也会用自己的方式忘记。

有人说："有时候，失恋之所以令人受不了，并不是因为多舍不得那个人。而是因为长久的相处下来，那些回忆变成窗、欢乐变成梁、喧嚣变成门、痛苦变成床、过往变成阶，堆砌出了一座城堡。突然一下子城堡塌了，灰飞烟灭，心血殆尽，一无所有。若再开始一段新恋情，还要从打地基做起，需要很大的决心。"

3

有个姑娘说："认识你的时候明明是欣喜于万物复苏的春天，而现在我已经让自己沉浸在万籁俱寂的冬日里，没有你……我这个这么酷的人，我这个从来就不回头的人，我这个笑点低到哭完下一秒就可以马上笑的人，我这个即使再舍不得只要被伤到自尊就能拍拍屁股走人的人，这次却不知道往哪边走了。往哪边还会再次遇见你呢？”

是啊，我们有多少次都觉得我们错过了一个人就再也遇不到对的人了。

有多少次我们觉得那些失去带走了我们全部爱的能力？

你觉得你再也不能为谁满怀期待。可是后来，你终于熬过那段，看谁都像他，干什么都能想起他，听的歌都是关于他的日子。

或许只有《苏州河》里的马达才会不停地去寻找，只有《李米的猜想》里的李米才会等一个人，一等三年……或许你在某一天会突然发现，真的很庆幸，你终于可以不问归期，不用联系，不再想他，不再等他。

4

阿信在演唱会上唱《温柔》时，他说：“你们带电话了吗？拿出来，打给你们喜欢的人，我唱《温柔》给他听。”全世界都暗了，只剩下全场观众手机屏幕发出微弱亮光，那些亮光连接着自己和喜欢的人，然后他站在一束光中。他唱：“如果你对我说你想要一朵花，那么我就会给你一朵花；如果你对我说你想要一颗星，那么我就会给你一颗星星；如果有一天，你对我说，你要离开我，我想，我不会强求，也不会再挽留，只因为我能给你最好最美也是最后的温柔。你会听到我对你说，我给你自由，我给你自由，我给你全部全部全部自由……”

如果真的不爱一个人或者对方不爱自己，那么，请勇敢放手，那或许是最后的温柔。

刚放手的痛，一定会折磨着你，但是也会让你在没有等待的日子里，真正审视自己的生活。

还是会难过，还是会在深夜想起他的声音，也还是会因为某一个似曾相识的瞬间而泪流满面。

但关于他的一切好像真的开始清零，你们的爱情在不爱之后曲终人散。

请开始没有他的新生活吧，再怎么舍不得也不能停滞不前。

放心吧，你会变得坚强的，不需要那些不爱的承诺，没有他，你也可以过得好好的。

爱他的时候他可以是一切。他不爱的时候，请把感情留给下一个更好的人。

你还记得那个有故事的女同学吗

1

消珥的家在青福镇的南街，那里虽然没有大城市晚上可以照亮天空的霓虹，却也夜夜喧嚣。小城里一家小小的加油站，虽然现在已经很破败，但十几年前却是那里最辉煌的建筑。

她的父亲靠卖煎饼养活一家人。一直以来，她对自己的父亲是有几分看不起的，曾为父亲长相粗陋兼沉默寡言从来不想让父亲参加她的家长会。

但她对母亲同样有气。她亲眼看见父亲因为喝醉酒而躺在满地都是雪的院子里不省人事，母亲却待在温暖的屋子里非常镇定地刷着碗。

母亲不会说话，虽然她和母亲会用手语交流，但是她的内心觉得她和母亲的距离好远。她甚至怀疑自己是不是亲生的。

后来她想也许父母之间的感情，被日复一日的煎熬给冲没了吧。

消珥不喜欢夏天，不光是因为夏天炎热，更是因为在那些年里，他们家很穷，夏天的时候，消珥没有钱买新裙子，她总是穿着一条皱巴巴的裙子。

消珥记得，那个夏天里，母亲会莫名地在床上躺着，一躺就是半天。她盖着一条半截的毛巾被，屋里安静得可怕。

消珥时常觉得时光似乎在这一刻停滞了，她内心莫名的恐惧超越了她对生命的认知。她盼着自己快点长大。

2

可是还没有等到她长大，母亲就被送到了医院。

她一天比一天虚弱，医院下了病危通知书。

消珥看着父亲苍老的脸，什么也没说却也知道父亲的艰辛。

她不知自己从什么时候起对父亲的看法有了改观，但她总觉得父亲这些年真的很不容易。与父亲偶尔交心的谈话里，她感觉到父亲并不是自己从前所了解的那样无可取之处，相反他非常大度，一直大度地默默为全家人撑着一片天，虽然撑得非常辛苦，却从不曾放弃。

母亲用手语比画着说:“我感觉全身都动不了,可能要先走了。”

消珥觉得那不是真的，她笑笑说：“妈，不会的，你很快就会好起来的！”

现在想起来，那是母亲和自己的最后一次谈话，她也许还想说

点什么，比如说“你以后就要自己照顾自己了”，或者是“你一定要照顾好你爸啊”之类的，但她什么都没来得及说，就闭上了眼睛。

那一夜，消珥觉得像过了十年，父亲也瞬间苍老了很多。

3

16岁的时候，消珥总是很失落，每天回到家，她的心里就像回廊里的风一下子灌到口腔里。

有时消珥只是低着头看着脚下的青砖，那微微凌乱的纹理就像她失去母亲后日渐凌乱的心。

后来，消珥整日失眠，竟然大把大把地掉起了头发。

父亲带她去医院检查，那个穿着白大褂的老中医只说她是压力过大，然后开了几味中药让她回家熬了喝。

在高三剩下的日子里，消珥把自己困在各科题目里，疯狂地做着练习题。她再没有给过自己放松的时间，渐渐地，在整日的忙碌中，似乎心里的空洞也慢慢被填满了。

她终于考上了自己梦想的大学，她抱着父亲哭得一脸滂沱。

她觉得那个幼小的、悲观的小女孩渐渐从她的身体里抽离了，开学的时候，她踏上了离家的火车。

火车上的人很多，火车开动的那一刻，车窗外的景色缓缓流动，如同被冲刷出的一条河流。消珥想：青福镇，再见，我要好好开始一段崭新的生活。

4

可是新的生活并不如意，大一的时候，消珥在网络上认识了一个男朋友，比她大三岁。他们在路边摊聊着彼此的生活，在很便宜的旅店挤在一起睡觉，一起去爬山，一起去喝酒。遇见他，她才觉得长这么大，自己第一次知道人要怎么活……可是她不小心怀孕了，男孩却消失了，再也联系不到。

消珥不想失去孩子，肚子越来越大。她中途退学。

20 岁的消珥在人声嘈杂的火车站下车之后，蓦然想起随着时光流逝，很多在身边的人已经不能够再像之前那样了。

站外阳光明媚，阳光下的她迅速仰头闭眼，拖着行李箱没入人群。

回到家，她的父亲准备好了饭菜，坐在她对面。父亲的眼角爬上了鱼尾纹，细细的，密密的。

“对不起……”她和父亲一同说出这句话。

消珥在恍惚之间，好像看到母亲打着手势，眼神黯淡下去。

消珥决定留在那座小城。

她生下孩子，开了一家小书店。

虽然收入微薄，但是日子倒也宁静安然。

消珥经常带着小宝宝到广场，看着夕阳从那座小城的胸膛中穿过，耳朵里听着熟悉的音乐：我也曾俯视理想仰望现实；也曾有一段好听的旋律，找不到该唱给的人；也会偶尔伤感，走在街上不知道要去哪儿。

她还记得当年在去大学的火车上，火车穿过山谷的时候，天晴朗得很。车窗中上演着一部有关风景的电影。人生如它一样，从不接受剪切。山谷慢慢变成了平原，有时还会经历一条漆黑的隧道。在隧道中，火车的轰鸣声总会更加明显，但那些黑暗总会过去，不是吗？

然后，她抬头看了看，远处有一大片天空。

不管我们经历过什么，不管此刻的生活是什么样子。

在每一个清晨睁眼看这个世界的那一瞬间，一切都会变得好起来。

一纸离婚协议，唤醒了一个好姑娘

1

禾童作为一名新晋设计师，坐在了巴黎时装周秀场的观众席上。回想起自己前两年的状态，禾童觉得她就和《穿普拉达的女王》里的安德丽娅一样，在历经种种坎坷之后过上了自己想要的生活。

禾童记得少年时看《苏州河》，有个场景她一直记得：画面里那条肮脏拥挤而又充满故事的苏州河，周迅扮演的那个牡丹，模糊的年龄，两条小辫子，纯洁到残忍的微笑。禾童在40平方米的房间里，坐在小板凳上洗孩子的尿布，尿布散发出来的臊气，使原本就简陋的房间更显得憋闷，仿佛墙皮的颜色都是苍白的。而她亲爱的他，正在电脑旁边打游戏。

看着眼前那个肚子有些发福、神情有些疲倦的男人，禾童想起了他们恋爱的那些年。禾童的爸妈都是教师，家境不错，那个时候，禾童是学校里的好学生、乖乖女。而她偏偏喜欢上了那个爱对女生吹口哨、上课睡觉、无所事事的马浩南。马浩南就像当年的古惑仔一样长得很帅，笑起来痞痞的，他也喜欢这个安静温柔的姑娘。

19 岁的马浩南和禾童，就这样陷入了热恋。

2

老师告知了家长，禾童的妈妈把她关在屋子里让她休学。晚上的时候，马浩南从楼下爬到了二楼禾童家的阳台，他敲了敲窗户，看到一脸无助的禾童。那个时候是冬天，看着冻得瑟瑟发抖的马浩南，禾童满心都是他。他陪她说话到凌晨，然后从窗户下去偷偷溜走。

直到一个星期后，禾童对他说，带我走吧。然后她就用自己房间的床单绑在阳台上，悄悄溜下去和他私奔了。

那个夜晚，禾童的爸爸妈妈疯狂地到处找她，而热恋中的禾童根本没有心情考虑父母的感受，她坐在马浩南的摩托车后面，耳边是呼呼的风声。她只想着赶快逃离这里，和他开心地在一起。

这个世界上根本就不存在“不会做”这回事。当你失去了所有的依靠，自然什么都会了。

禾童和马浩南去了另一个小镇，她第一次体会到没有父母在身边的感觉，他们没有多少钱，租了房子省吃俭用，每天吃得最多的就是包子和面条。马浩南曾用花枝给她编了一枚戒指，戴在禾童白皙的手指上，禾童觉得那是世界上最好看的戒指。

虽然每天都很苦，除了解决温饱好像就再没有更多的娱乐，没有朋友，没有工作，禾童第一次觉得生活那样现实。但是他们有爱啊，那是禾童最大的信仰。

3

三个月后，禾童的爸爸妈妈还是找到了他们，并没有太多埋怨，更多的是心疼。禾童回到家再一次吃到肉的时候，一向不爱吃肉的她对妈妈说："真香！"

不久后，马浩南因为参与聚众斗殴而被判刑两年。两年后出狱，正在读大学的禾童去接他，他们重新在一起。

大学毕业后，他们就这样结婚了。没有婚房，没有婚戒，只有一间 40 平方米的小屋。结婚后的生活并没有禾童想象的那么幸福，马浩南已经不是当年那个阳光少年，而是变得越来越懒散。他说话从来不考虑别人的感受，自私又霸道。

参加同学会回来后，马浩南整个人都变得渣起来，禾童偶然在他的手机上看到了他和女同学暧昧的对话。那时，正好是他们的宝宝出生的第 20 天，而马浩南从来没有为宝宝洗过一片尿布。

禾童的心一下跌到了冰点，这些年她所信仰的爱情城堡一下子崩塌，再看看自己，已经不是那个 19 岁的开朗明媚的姑娘。因为结婚后的这两年，马浩南的工作没有任何起色，整个人也变得消沉起来，而禾童也因为他，一直在家做全职主妇。

而他又给了她什么？禾童看着镜子里的自己，粗糙的皮肤，廉价的衣服，乱糟糟的头发，浓浓的黑眼圈，因为照顾宝宝严重睡眠不足而瘦成了纸片人。她看着26岁的自己，放声大哭。

坚持到宝宝一岁，禾童和马浩南离婚了。一纸离婚协议好像终结了禾童的青春，也唤醒了这么多年庸庸碌碌的她。

4

禾童把宝宝留给妈妈照顾，自己找到一份时尚设计师助理的工作。一开始她从最基本的扫地、冲咖啡做起。刚开始她会被同事为难。有一段时间，她甚至觉得自己要抑郁了。生活怎么就这么难，她不过是想重新出发，却受到同事的排挤，老板的冷眼。她觉得自己怎么做都是错的。放弃吗？不可以！

禾童从最小的事情做起，认真做好每一件事，每晚都会认真学习设计的相关课程。就这样坚持下去，五年后，禾童成了一名时装设计师，她离开了那里，成立了自己的公司。

当她光彩熠熠地穿着晚礼服走在秀场的红毯上时，她突然想起了自己那些年所过的生活，再次想到马浩南，好像已经想不起他的样子了。那些受到的伤害，时间终会以另一种方式偿还。

很多时候，在婚姻中苟延残喘倒不如及时止损。其实追求完美的心，每一个平凡的人都有。但很多时候，完美没有，残缺却随处可见。要怎样对待这份残缺而不伤害到自己，是一门高深的学问。

或许生活乱糟糟，毫无头绪，庸庸碌碌，但是世界缺了的那一块，总会由我们自己慢慢填满。

即使曾被残忍相待，日子还是要过下去，开心地生活，才是正经事。

Part 6

人生是个游乐场，只愿此生能尽兴

活着就要去体验，去许多地方，做许多事，遇见许多人。在这个过程中，享受自己的青春，以更好的姿态前进。余生很短，尽兴就好。

不想做风里吹吹就散的花，想做你眼泪盈眶的口中人。

——题记

想把我唱给你听，趁现在年少如花

1

17 岁的苏苏是班里最胖的姑娘。她说：“这个世界上最美好的事情，莫过于吃肉，从来不会背叛，从来不会欺骗，吃一斤，长一斤，永远真诚相待。”

苏苏虽然长得胖，但是她唱歌好听，成绩好，样子也很可爱。她觉得自己是一个特别受欢迎的胖子。

虽然坐在她后桌的张大华总是在她的校服上画一些搞笑的图案，但是苏苏从来都不生气，原因只有一个，那就是张大华长得帅。

张大华虽然名字土，却是一个花儿般的少年，会弹吉他、打篮球，干净，又瘦又高，笑起来像一缕温暖的阳光。

苏苏每次看到张大华的时候，都会觉得怎么会有这么好看的人呢！即使不说话，看几眼也是好的。

有一次，学校文艺会演，班里让苏苏和张大华做搭档合唱。

那天，苏苏特地穿了一袭白裙，虽然胖，但是BOBO发型很好地展现出她脖颈上白皙的皮肤，那一天的演出很成功。

两人对唱的时候，苏苏在和张大华对视的瞬间，脸红了很久。

在一个小雨天，两人放学一起走，张大华对苏苏说："做我女朋友吧。"

苏苏从未想过胖胖的自己会被心里的男神表白。那个瞬间，她的心里开出了一朵大大的花。

2

他们在一起的那一年，苏苏真的很快乐。

他们一起学习，一起练歌。她看张大华打篮球的时候，更像一个小花痴。

所有人都说，大象姑娘恋爱了，好的爱情会让人变得越来越好，就像毛衣上淡淡的清香。

一年后，他们考上了大学，去了不同的地方，开始了异地恋。

因为张大华课程多，所以每周末，苏苏都会坐火车去看张大华，7个小时的硬座，苏苏穿着牛仔裤觉得自己的腰都不是自己的了。

但是每次看到张大华笑的样子，苏苏都会觉得，自己的青春，值得了。

张大华会弹着吉他，唱着歌，告诉苏苏，他爱她。

异地恋有时候很苦，但是只要两个人的心足够坚定，就没有什么可以打败那样的爱情。

拉着张大华的手的时候，苏苏总会想起动画电影里的一句台词。

为什么那么喜欢落日？

因为它像极了我喜欢你的心……

……

就算会一点一点沉下去，

明天照样会升起。

她就是这样喜欢着一个人呢。

3

他们约定一起考研，在假期的时候一起去想去的地方，苏苏也变成了更可爱的大姑娘。她在空闲的时候，练瑜伽、弹钢琴，留起了长发。

她和张大华在大学毕业典礼的舞台上一起唱了一首歌。

和几年前的同台一样成功，唯一不同的是，他们都变得更加闪亮。

她想要把自己塑造成最好的样子，在成为他的新娘的那一天。

张大华一直都是美少年的样子，他努力读书、健身、照顾苏苏。

一切都顺理成章，各自成为最美好的样子。

可是张大华在新西兰潜水的时候发生了意外。

苏苏再也没能等到那个温暖的他，对她再笑一次。

那段时间，苏苏再也无法快乐起来。

只要闭上眼睛，脑海里闪现的都是张大华的样子。

她觉得自己的世界崩塌了。

这些年，他从未舍得让她伤心流泪，而这一次，却真的舍得让她生不如死。

她总觉得，他只是走丢了，总有一天，他会回来。

4

不吃不喝一周后，苏苏终于拉开窗帘。打开手机，她看到的第一个帖子就是：活着的理由是什么？

若换作从前，她一定会笑着说，活着的理由就是一吃一大碗，一睡一整天。旁边的张大华一定会宠溺地看着她说："真拿你没办法，再胖我可就不要你了。"然后两人哈哈大笑。

而那一刻，她的眼泪却止不住肆意流淌。

有人说，很多生活中美好的瞬间，就是我们活下去的理由。

而苏苏的电脑邮件中有一封未读邮件，那是张大华在登机前给她发的。

他说：亲爱的，我会记住我们相遇的那些美好，等我回来就向你求婚哦，然后我们一起去未曾去过的城市、一起听未曾听过的歌、一起去看最美的落日。

可是现在，他却永远地不在了。苏苏多想牵着他的手，走到很远的梦里，永远不要醒来。

那之后，苏苏打算认真地活下去。

她要带着他给的美好，努力地去生活。

因为她知道，我们每个人都很平凡，唯有爱，让我们变得勇敢。

苏苏考上了研究生，毕业后工作出色，成了脚踩高跟鞋也能健步如飞的大美女，她把每一天都过得光彩熠熠。

她由北京飞香港、飞上海、去西藏，一路上，窗外掠过无数个城镇，几千里的天空和大地，几千万个人。她多么希望那几千万人中，有一个如花儿般的少年，对她说，做我女朋友吧。

想再听一遍那个男孩对她唱："想把我唱给你听，趁现在年少如花……"却只能流着泪默读那首《但是，你没有》："……有那么多事你没有做 / 只容忍我 / 钟爱我 / 保护我 / 有那么多事情我想为你做 / 当你从越南回来 / 但是，你没有。"

宁愿走在泥泞的路上，也不走一步回头路

1

网上有个故事，说两个女孩为了制造出适合中国女性用的香水，花费七年调制了上万次才成功。

一个孩子，完成从小学生到中学生身份的转换要用六年时间；一个职场人，适应从职场新人到百分百职场人的身份转换，至少要半年时间。七年说起来可能是一个比较空泛的时间，但真正经历了七年，才会知道坚持一件事情多不容易。

那两个女孩，一个是香水评香师，一个是香水设计师。她们放弃百万年薪的工作，一起辞职创业，组建调香师团队，选取香料，确定香水前调、中调、后调，在这个过程中有过激烈的讨论，但从未想过放弃，即使迈出一小步很困难，也坚定地一往无前。

后来，两个女孩做成了她们想要做的事情。

这个故事让我想起不久前，一个做 HR（人力资源）的朋友向我

吐槽他们公司的年轻人好像商量好了一样，动不动就问她怎么才能少走弯路，尽可能快地升职加薪。当时，她苦着一张脸，说：“我能怎么办啊？我也很绝望啊！我要告诉他们一步一个脚印，咬牙不回头吗？我说了他们就会照做吗？”

的确，这样问的年轻人大多想要以最快同时也是最便捷的方式在职场平步青云，对未来有许多梦幻的憧憬。但事实上，职场哪里有什么独门绝技？如果非要说有，踏实地走好每一步就是最快的方法。

2

一往无前的路上，总会有几段难行的曲折路，就像谈恋爱，无论怎样小心也总会遇见几个渣男。

倘若你知难而行，总有一天，你会感谢没有轻易放弃的自己。

余华曾参加过一次高考，然而他对未来的憧憬以落榜告终，只能乖乖地进了卫生院做了一名牙科医生。

他不喜欢这份工作：“每天 8 小时的工作，一辈子都要看别人的口腔，这是世界上最没有风景的地方。”

卫生院对面是文化馆，余华常常在工作间隙坐在窗边看人们从文化馆进进出出。看得久了，他忽然明白了文化馆与卫生院的不同。文化馆有趣，卫生院沉闷，而对于像余华这样的年轻人来说，没有什么比沉闷更难以忍受。

从这时起，余华就开始想弃医从文，到文化馆工作。为此，他把工作以外的全部时间用来实现梦想。当时，余华住在虹桥新村26号，在这间临河小屋里，他琢磨川端康成的写作方法与表达方式，尝试坐下来写稿子，并与当地喜欢文学的年轻人成了朋友，谈天说地，聊人生，聊梦想，也聊阅读与投稿的经验。

每次在网上看到余华这段经历，我总会想起海子的诗：

那时我们有梦
关于文学
关于爱情
关于穿越世界的旅行

有梦想的年轻人，无论前方有多曲折，总能给自己一个不走回头路的理由。

尽管写好的稿子屡屡被退回，但这一路曲折，终于辗转沉淀为余华写作的“养料”。在短篇小说处女作《第一宿舍》中，他写道：“这家医院和这幢楼一样，都已有60年历史，如今全院所有进修、实习医生全挤在楼上。楼下是医院托儿所，与太平间隔路相望。”

后来，余华的稿子陆续发表，《北京文学》杂志编委邀请他赴京改稿更给了他继续前行的信心。他想要走下去的路，总算不再曲折。

他胜在不回头。

3

有个创业的朋友，新产品上线遭遇差评，他二话不说带领团队埋头苦干小半年，修补产品 bug（漏洞），可是二次上线后依然差评无数。

团队成员像瘪了的气球，开会讨论怎样渡过眼前难关的时候，产品经理垂头丧气地说："产品不好做，我们有什么办法？"技术经理皱着眉头说："嗯，技术再好也敌不过一大把山寨。"

朋友擅长演讲，创业前，他可以不慌不忙在100多人面前阐述产品理念和营销策略。那一次他却慌了神儿，生怕团队因为眼前的挫折失去前进的动力，因而态度分外诚恳，掏心掏肺。

他说产品上线出问题很难避免，毕竟要面对用户和市场的考验，这可能是件好事，也可能是件坏事。有用户投诉，说明产品还有进步的空间，只要我们能够继续做下去，再做的就是别人没有做过的事情。

他说完，大家沉默了一阵子，终于有人开口提出可行性建议，进而展开团队探讨。

总算又渡过了一个难关。

后来，朋友的产品依然没有很大起色，但他和他的团队宁愿走在泥泞路上，也不走一步回头路。

并不是因为没有路途可回头，而是创业路上本就需要摸索前行。与其重新再来，不如勇敢撑下去，就算他日真的没有成功，至少回想起来，在遇到挫折的时候，整个团队没有人退缩，大家都在和挫折死磕。为了把问题解决掉，大家都在努力，都在拼命地寻找方案。

4

所谓进步，就是攻克一个难关，挺过一次挫折，让自己成长，提升自己的抗压能力和应急能力。只要坚持下去，你就可以持续成长，成功总有一天会到来。

倘若你回头，则意味着你所吃过的苦都是白搭，你所流淌的汗水都已蒸发。

茨威格说："所有命运赠送的礼物，早已在暗中标好了价格。"现实世界没有哆啦 A 梦也没有任意门，想要成功，就要有一往无前的勇气和对抗挫折的能力。

时光不回头，你我皆凡人，人生路上，没有回头路可以走。

永远执着的人，才配得起永远有趣的生活。

世事无常，我们更要勇敢前行

1

我曾看过一部韩国电影《东柱》。

8 岁，还不知道学习有什么意义，更喜欢美术课，可以把我讨厌的人画得更丑一点；18 岁，学会了无聊，并且可以写几个得了抑郁症的小句子；28 岁，出生在这世上，希望能写诗，想成为诗人，觉得很羞愧，没有在前面带路，只是像影子一样跟随；38 岁，告诉那些劝我另谋出路的人，这条路我走得很好，可能还要再走远一点，才知道前面是什么；48 岁，活到一半还要多了，如果身边有人，一定去拉他喝杯啤酒；58 岁，在长长的街道上散步，想像年轻人一样养一条狗，又担心它会嫌我太老，遛到半路，跑掉了；68 岁，如果快到告别的时候，那么现在应该想想台词了；78 岁，活过 68 岁再说吧。

东柱活到 28 岁。

很多时候，一旦疾病降临，我们会发现人生中有那么多来不及去做的事情。

很多事情，我们无法预测。你永远不知道，明天和意外，哪一个会先到。

2

2016 年 11 月 18 日，橘子发朋友圈说：一定要好得不得了。

我私信问她，怎么了？

第二天她才回我，因为她住院了。

这个世界上除了那么多的理所应当，还有更多的突如其来，比如车祸。

在橘子遇车祸前，她的人生字典里从来就没有住院的概念，她连来例假的疼痛都怕得很。

可偏偏，在她最美的时光，车祸找上门来。在这之前，橘子在哈巴河的生活真的如诗和远方般平静安然。父母恩爱，家庭和睦，橘子性格温和，上学的时候成绩很好、人缘很好。大学时，我们学的是中文，毕业后，她回到小镇，经营自己的人生和梦想。

从车祸到转院只经历了很短的一段时间，人远比自己想象的脆弱。

幸好，救治都很顺利，但术后也要躺一个月才能带护具走路。橘子开玩笑说："这下可没人催我生孩子了。"因为一年半之后，她还要做一次手术，把植入腰上的钉子取出来。

有时候，我们总觉得来日方长，可是有些事，我们无法掌控。我们计划好了那么多人生中要做的事，却往往忽略了，我们的时间不知道什么时候就会被命运截断。

很想去看橘子，但她说不要。她不想最糟糕的时候看到我。她甚至都没有告诉去美国看姐姐一家的父母，相信自己可以挺过去。

突然觉得人活着真好，哪怕她躺在病床上看着窗外的阳光，觉得自己能呼吸，真好。

3

日本有个叫千惠的女人，在女儿刚刚 5 岁时因病离开，但在患病期间她用心陪伴、爱护并教会了女儿世间最了不起的本领——做饭。

女儿叫阿花，阿花的早晨是忙碌的，她要洗脸、刷牙、喂狗、散步、洗手、做酱汤、吃早饭、弹钢琴、上厕所、去上学。

回家后，还要晒衣服、叠衣服、刷澡盆、打扫、整理衣柜、收拾自己的衣服……有时候，爸爸晚回家，阿花还会给爸爸做晚饭。

千惠在生下阿花之后，就患了癌症，当“随时都会离开”成了千惠和丈夫无法回避的话题时，她才开始思考：该给女儿留下点什么，才能让她在没有妈妈的日子里好好地活下去。

后来千惠想明白，要教女儿做家务活，这样，就算她离开了，女儿也能照顾好自己。

阿花两岁时，千惠教她自己洗袜子，让她自己独立叠衣服。阿花3岁生日时，千惠送给她一台榨汁机。后来，阿花在妈妈做晚饭时，负责煮饭的工作。阿花4岁生日时，妈妈送给她一条小碎花围裙，然后她学会了切菜、炒菜。阿花5岁生日时，她在妈妈的陪伴和示范下，学会了煮糙米饭、制作漂亮美味的寿司。

阿花5岁生日不久之后，妈妈在家人的陪伴下离开人世，阿花没有哭，因为那是她和妈妈的约定。阿花说："当我做饭的时候，我会觉得自己是最幸福的人！当然，这也是妈妈教给我的。"

千惠曾说过，我们比孩子先来到这个世界上，同样也会比孩子先离开这个世界，孩子总有一天要独立生活，所以，把你想教给孩子的事情教给他吧，绝不会为时过早。

前面的路还很长，我们都要带着爱与被爱好好活下去。好好活着，因为我们要死很久。

4

2006年，正在拍摄《射雕英雄传》的胡歌遭遇车祸，左脸、眼睛都严重受伤，脸和脖子加起来缝了一百多针。当后来他知道同事去世的消息后，回忆起那晚他梦见对方："我送他去机场，他在梦里告诉了我航班时间。醒来后发现那居然就是追悼会的时间。"

死里逃生的疗养期间，胡歌夜里经常做噩梦，梦到车祸当晚的场景，甚至想过不要当演员。熬过了 10 个月之久，他重新回到《射雕英雄传》剧组，却无法适应很多人对他差点毁容的关注。

直到 2014 年，胡歌接下了电视剧《琅琊榜》，在进剧组的前三天，他因焦虑整夜睡不着。在开拍后的某天，他看到剧本上的台词："我既然活了下来，便不会白白地活着。"

在微电影《读自己》中，胡歌用低沉的嗓音向观众独白：

> 那些不演戏的日子，我会把自己丢进书堆里，作为一个读者，就像做一个演员，分享着故事里的喜悦，也就领悟了什么最值得珍惜。繁华世界里，越读，越明白自己。

2015 年，胡歌夺下视帝，他不再煎熬于过去，也不再反复质疑自己的价值，正如同那句台词："我既然活了下来，便不会白白地活着。"身为粉丝，我为他感到骄傲。

5

我看了周西的演讲《滚蛋吧，肿瘤君》。

一次例假肚子痛，周西痛得晕过去被送到了医院，谁承想一次意外的检查却发现她患有卵巢癌。拿到血检结果的那天，周西脑子里就跟过电影一样。她有很爱的工作，有非常爱她的朋友，有非常爱她的父母，可是生活还是给了她一个如此大的考验。

她说："这世间没有如果，只有后果和结果，我做好了心理准备，不害怕任何结果，我不想就此偷偷懒懒地过剩下的一生，我也没有释怀，因为我不能放弃对这个世界的每一份喜欢和期待。"

这个世界没有什么公平不公平，世事本无常。但无论怎样，我们每个人都是自己生命中的主角，我们所过的每一天，都是组成我们新的呼吸新的容颜的填充物。

时间是最好的见证，当你愿意成为自己的太阳的时候，你会觉得，这世间的一切都是闪闪发光的。

请带上那个最好的自己出发

1

可可说：“你看我有多勇敢我就有多勇敢。”其实说这句话的时候可可一点也不勇敢，她刚刚失恋，又被公司的领导批评，房租又涨了价。可可觉得自己像极了那只想要绊倒大象的小蚂蚁，自认为很强大，其实在别人看来，渺小得如同一粒微尘。

可可感觉自己的生活糟糕得不能再糟糕了。她辞了职，穿着 50 元买的高跟鞋去面试，结果上楼的时候鞋后跟掉了。

当面试官看到她粗糙的眼线之后，竟然端了一盆水过来让她洗脸。可可满肚子委屈。洗完脸，像是刚淋过雨的汤圆，面目全非。

那一瞬间，可可觉得自己像是被放在案板上的鱼，无奈地体会着人生疾苦。回答了几个问题之后，面试官让可可回家等消息。

她突然觉得自己像一句歌词：“路见不平一声吼啊，该出丑（手）时就出丑（手），风风火火闯九州。”

可可在家门口买了半只烤鸭，一瓶啤酒。回到出租屋的时候，她看着油腻发黑的窗帘、快要断成两段的床板、冲不了水的厕所、被烟头烫了一个洞的台灯，边吃烤鸭边抹眼泪。她就像住在一座被全世界遗弃的孤岛上。

哭完之后，可可倒头入睡。

第二天，面试官居然打电话来，可可通过了面试，找到了她留在上海的第二份工作。

每天凌晨3点半，闹钟准时把她叫醒。

可可要起来赶往她的工作地点，在一个商场做穿版模特。她要站在台子上，所有人递过来的衣服，她只要不停地试穿。

要搭配好顾客喜好的风格，穿版模特的反应要特别快，因为在穿这套衣服的时候，心里就要想着如何搭配下一套衣服，换衣服最快的时候也就六七秒，最忙的时候可可一天要穿四百多套衣服。

可可和朋友开玩笑说："我一天换的衣服，估计别人一辈子都不会穿那么多。"

到了冬天，工作的地方是商场的入口，没有暖气，很冷的时候也没办法多穿衣服。

每天几乎都站着，可可的脚累得像要骨折一般，但是她还是努力坚持下来。

在她心里，一直有一个关于这座城市的梦想。她觉得，每个人都有自己的不容易，但若是把成长看成一种责任的话，就会特别勇敢。

终于在工作的第三年，可可有了自己的小积蓄，贷款付了一套小公寓的首付。

自己买了一套小音箱，在屋子里的所有空白处贴了壁纸，买了自己心仪的窗帘，虽然每天依旧很忙碌，但是一回到家，就有一种心旷神怡的感觉。偶尔还会心血来潮做点美食。

可可觉得自己像一只从瓶子里游到河里的小鱼，虽然还没看到真正的大海，但是此时的心境，已经让她从最消沉的低谷走出来。

2

王珞丹在微博中发了一段自己玩滑板的小视频，配文字说："这个才是我，玩滑板三个多月，中间扭伤休息了20多天，不知道为什么开始，但知道为什么继续。"看她的微博她的生活，越来越喜欢这样率真随性的姑娘。

王珞丹在一篇文字里说："我曾对时间有深深的焦虑，怕它走得太快而我走得太慢，怕我在虚度年华，怕我不能符合大众的期待。"

在古北水镇的山水里，她竟然有一种顿悟的感觉。她说："山有山的骁勇，水有水的温柔，我也是我自己。我愿意花一点时间，去唱唱歌，不为出唱片，就为喜欢；去玩玩滑板，把曾经未完的挑战完成；去尝试不同的角色，去过不一样的人生……拍摄古北水镇的宣传片时，跟着一个老匠人做风筝，削竹、粘骨、画纸、接线……

安静和坚守，何尝不是一种力量呢？”

她不想把自己固定在某个“套路”里，更愿意把自己放空，拍拍照、跑跑步、看看天。

3

请与那个不太好的自己告个别吧，别把时间都浪费在毫无意义的事情上，而要用心发现我们生活中的美。

细心地挑选一款喜欢的窗帘，烘焙形状好看又好吃的饼干。

用心呼吸清晨的空气，把阳台打造成自己喜欢的样子。

当你用心找回自己，你会发现，日子每天都属于你自己。

就像有人说的，我们都很平凡，却因为爱而熠熠生辉。那些细碎而温情的对白，足够对抗蹉跎岁月。

不要再抱怨没有时间健身、没有时间读书、没有时间做自己喜欢做的事情，人生没有那么多可以等来的幸福。

总有人说，改变太难了。减了几十年肥，越减越肥；除了睡觉时间不想睡觉，其他时间都想睡觉，所有的 Plan（计划）都只完成了一个 P……

改变确实很难，我们或多或少都有拖延的习惯。我们像吃饭、睡觉、打豆豆里那只叫豆豆的企鹅的同伴，我们吐槽生活，无力改变现状。跑步两天就喊累，加班两晚就喊苦，稍一遇事就崩溃，我们总是说，等我有时间，等我下定决心，等我吃完这顿……

4

有人说，年少时谈论的理想时代终于没有到来，现在我们是疲惫的中年人，跑马圈般奔向我们抵触的年岁，我们争先恐后地成为自己不想成为的那个人。

年少的时候，总觉得人只有成功才是最好的生活，现在我不再觉得好的生活一定要等到奋斗成功之后才能得到。好的生活更多的是你内心的一种感觉，能够让你真正愉悦的，哪怕是一个微笑、一餐美食、一个拥抱、一个阶段性的小胜利，还有你勇敢向前走的决心。

你要相信，我们总在路上，每一天都在出发。这个世界上很多事是需要立刻去做的，哪怕是用心化一个妆、做一顿早餐、买盆心仪的花、养一只自己喜欢的小宠物、学会一首歌、买件漂亮的衣服，都是最好的开始。

《天使爱美丽》里说："如果注定孤独，那我愿意去爱整个世界。"

愿你找到那个最好的自己，心中有暖阳，此刻就是诗和远方。

请把梦寐以求的爱情，过成生活中最好的样子

1

《何以笙箫默》里何以琛有一句情深意切的话：“如果世界上曾经有那个人出现过，其他人都会变成将就！而我不愿意将就。”

有个姑娘说，男朋友喝醉了，朋友给她打电话，让她过去照顾他。

他神志不清，满口醉话，刚弄到床上，就趴下睡着了。一会儿，他突然坐了起来，拿起手机，急匆匆地打了几个字，又呼呼睡去……姑娘的手机消息通知响了，她看到了“晚安”两个字。

那一份感动，即使隔着屏幕也会感受到吧。

半枝记得有一年的冬天，在南充火车站售票大厅，遇到一对民工夫妻彻夜排队买票，那时还没有兴起网络购票。男人把垫絮从编织袋里拿出来铺在角落，让女人躺下休息，他去买票。给她盖好，他在去买票之前，在她额头上亲了一下……

半枝常对别人说起这件事，即使过去了很多年，那个画面仍像

是一个很美的定格留在她脑海，让她觉得，真正爱一个人，每时每刻都想要去守护对方。

2

我曾在一档电台节目中听过夜家子鸢的爱情故事。

18 岁那年他们相识，他是她的师兄，问她以后去哪里工作，他说要到她工作的地方工作。

20 岁那年，她在路边捡到一只小猫，他开始帮她照看猫咪。

22 岁那年，他有个去英国的 offer（录取通知），他拒绝了。这一年，他毕业到她的城市工作。

25 岁那年，他父母不同意他们结婚，他在醉酒的深夜跟她打电话，哭得闻者落泪。

27 岁那年，他们去鼓浪屿度假。她被锁到了卫生间，他一边找人撬锁救她出去，一边跟她说："妞妞不要怕！"

28 岁那年，他们坐火车去西藏，座位不在一起，他在清晨过来给她盖被子。

29 岁那年，她的父亲重病，她开始持续地焦虑失眠，整个人近乎崩溃。他在每个深夜轻轻地安抚她说："没事的，你还有我，我一直都在。"

32 岁，她怀孕了，不能再去每天照顾父亲，每一天都是他在帮

着照看父亲。

33岁，小宝出生，她疼得大汗淋漓，他在产房外面一面害怕一面心疼。等她从产房出来，他紧紧拉着她的手，吻她的额头。

34岁，现在，他坐在她身边带着小宝玩。

她说她常觉得人生无常，你不知道明天会发生什么，所以才要珍惜在一起的每一天，不辜负每一天在一起的时光。

3

周筠记得，他们婚后第五次搬家，终于有了完全属于自己的房子。那个时候，没有私家车，六月天，老公骑着那辆三轮车一趟趟搬运并不多的家当。看着烈日下他专注地骑着三轮车，虽然汗流浃背，但是面容平静而满足，她骑着自行车跟在他后面，望着他的背影。当时，周筠就暗暗想：我要对你的一生负责。

“我要对你的一生负责”是吴祖光与新凤霞结婚时许下的誓言，男人可以这么想，女人亦然。这么多年来，周筠总是记得烈日下他衔泥筑巢专注的模样，不管过了多久，想起来都怦然心动。

或许最好的爱情，是你在某一个时刻，你发现你不再想自己该怎样怎样，而是总想着“你们”该怎样。

有心爱的人在身边，哪怕是一个拥抱，心里都会很暖。

他会在你累的时候，给你肩膀。

他会在你无助的时候，给你支持。

无论生活多难，总会陪你一起面对。

也正是那些特别平凡甚至有些不如意的日子，让你知道眼前这个人的好。

有人说，不结婚很酷，不理睬世俗观念，一个人享受各种生活；不生孩子很酷，不被传统绑架，让自己的人生过得舒适。但你知道吗？其实结婚也很酷，和一个确定的人去感受没有经历过的生活，去处理细细碎碎的事情；生孩子也很酷，你选择面对困扰，选择陪一个新生命度过漫长而短暂的一生。人生或许追求的不仅仅是酷，而是你发自内心的自我满足，是你可以勇敢地承担所做选择的一切后果。

4

在《不将就》里，李荣浩用他那略显随意却又坚定不移的低音缓缓唱出："你一出场，别人都显得不过如此。"

相爱的恋人啊，我知道，他们都是彼此一生最值得珍惜的人。哪怕静静地各自忙碌，只要一个眼神，就会彼此懂得。

一切都会有最好的安排，就像顾城的《门前》：

草在结它的种子
风在摇它的叶子
我们站着，不说话
就十分美好

那些会生活的姑娘，结婚生子后变成了什么样

严歌苓在《波西米亚楼》中写道："漂亮和美丽是两回事。一双眼睛可以不漂亮，但眼神可以美丽；一副不够标致的面容可以有爱的神态；一副不完美的身材可以有好看的仪态和举止。这都在于一个灵魂的丰富和坦荡。"

1

很多朋友都说，当年很多家庭都依靠孩子维系，而如今孩子却成了整个家庭的导火索。

换不完的尿布、喂不完的奶、整理不完的玩具、时刻都黏着你的小宝宝。你会手忙脚乱、毫无头绪、负能量爆棚。

朋友曾经对我说过，一个人如果真的爱你，你会发现他看你的时候眼里会有光亮。而她，只在她老公的眼睛里看到了眼屎。她还说，女人一定要强大，人弱万事难，依靠男人只会让你过早地失去自我。

朋友 18 岁的时候，肤白如雪，颈如小鹿，长长的头发，黑黑的眼睛，笑靥如花。时间最懂得女人的美。年轻时最简单素净的画面，不需要过多修饰，便能把青春演绎得恰到好处。

如今 28 岁的她走进了婚姻，有了孩子，虽然每天照顾小孩很辛苦，她还是拥有自己的初心，她要永远相信爱。所谓的相信，不过是随时在爱情里保持骄傲。其实，这样想的时候，整个家庭才能更好地经营下去。

相信才能更幸福，每个人心里的那一个声音都应该是真实而坚定的。

2

我曾看过一个帖子：我后悔生了孩子。

A 说：我是一个孩子的单亲妈妈，虽然她没有爸爸，但是我一直尽力想给她优渥的生活，如今我好像没有任何喘息的机会。我只有在她睡着的时候，才会觉得松口气，曾经我是多么喜欢有一个孩子，可是现在我恨透了自己的生活。

B 说：我是两个孩子的妈妈，每天我都要挣扎地面对我有两个孩子这个不可逆的事实。他们现在一个 2 岁，一个 3 岁，相差 13 个月，他们让我的生活从起初的愉悦变成了完全不同的样子，我现在已经成了一个每天跟在孩子屁股后面的全职主妇，我所有的职责就是照顾这两个孩子。这让我觉得自己的人生很空虚很失败，但是我却无力扭转，我没有任何做自己想做的事情的机会。

生个孩子就是这样啊，你会觉得你的时间完全没有了，厕所才是避难所。

3

婷姐生完昊昊后的第一个月，觉得自己的生活真的很糟糕，即使有人帮忙照顾宝宝，她依然感觉筋疲力尽。但孩子是亲生的，宝宝越看越可爱。慢慢地，她学会了调节自己的情绪，经常陪孩子做手工、玩软陶、看电影，在教导孩子的同时，她也在陶冶自己。从她身上我感觉，用心做一个好妈妈，不是说说那么简单，从穿、用到读书识字，到对生活情趣的培养，无不从用心开始。

终于熬到昊昊上幼儿园，婷姐又捡起了自己喜欢的舞蹈，不仅勤于练习，而且慢慢地朝着舞蹈教练的方向发展，并利用寒暑假来北京的专业舞蹈教练班进修，还在当地开了一个舞蹈俱乐部。她说那是为爱好舞蹈的人提供一个聚会的场所，也为自己留一点未知的空间。

每一天都是新的开始，什么时候决定做什么事情都不晚，30 岁进修舞蹈、学习英语、背古诗词好笑吗？一点都不！在不停学习、不断丰富自己的这条路上，我们越走，内心会越宽广……总要给自

I LOVE YOU
I LOVE YOU

己找点事情做，不然你会开始怀疑自己存在的价值，你不应该只是作为谁的妈妈、谁的妻子而存在于这个世界，不是吗？

4

2017 年前半年，我拼命赶业绩，后半年因为怀孕以及公司装修我在家兼职。结婚 5 年，在人流匆匆的北京，没有钱，没有时间，真的不敢生孩子。或许很多人也真的只有在被一瓶酒灌醉了的冲动下，才能做一些平常不敢做的事情吧。我倒不是因为醉酒才决定怀孕的，更多的是因为自己准备好了。

2018 年，我升级为一个新手妈妈，不知道我是不是也会难以逃避她们所说的种种问题，但是我想做一个“佛系妈妈”。不动不嗔，安安静静，尽量提前安排好能准备好的一切，保持经济独立，精神独立。

有了孩子，生活真的会被毁掉吗？

并不见得。

我们公司老板李总在怀孕、坐月子、哺乳期间，依旧经营和管理着公司……什么事情都没耽误。某天看她发的朋友圈：坚持运动！150 个深蹲，150 个仰卧起坐，150 次开合跳，150

个俯卧撑，下次向250进发！哈哈！

我想，好的婚姻，不是有多少财富，不在乎有没有孩子，而是有多少甜蜜，而甜蜜也是经营出来的。

作家王潇说："我的妈妈也是职场女性，她每次出差给我带回来的新鲜玩意儿以及在外地拍的照片，都是我童年特别珍视的宝贝，而且养成了我相对独立的性格。这其实也是一种对家和亲人的认知，她就是我的妈妈，她是独一无二的。最好的家庭教育是言传身教，我对女儿也只会教给她我相信的东西，在她成年之前我会去影响她到我能达到的阶段，而决定权还在她本人。我会尊重她的个体区别，否则她就不高兴了，人活一辈子一定要以高兴为基础。"

我们公司李总就抱着和王潇一样的生活态度。即使在生孩子的时候，她也没被"拘束"住。

她的笑像一面镜子，照出很多人的狼狈。

有人在超市里看到一对年轻小夫妻带着3岁的儿子买东西，儿子坐在购物车里嘟囔着要吃这个，妈妈拉着爸爸说想吃那个，爸爸低头对儿子说："儿子乖，妈妈还小，咱们都让着妈妈，先去给妈妈买……"瞬间觉得甜炸了。

有时候感觉自己有点精神分裂，一边想佛系，一边又忍不住产生焦虑。但是这个世界上很多人和事本身就是双面的，只好不断告诉自己：对生活不抱怨，对自己不抱歉，自己选择的路，用心去走，就会遇到最美丽的风景。

很感谢，我的宝贝，谢谢她来到我们身边。她一笑，所有的纠结与劳累都消散了，整个世界都明媚了。

Part 7 

愿有前程可奔赴，也有岁月可回首

历经万水千山后，或许你才可以平静地回首过去的时光。而前路可期，不管好的坏的，路途多艰难曲折，也总会有到达的那一天。此去经年，愿我们每一个人既有前程可奔赴，也有岁月可回首。

曾经最亲近的我们，如今都已经各安天涯。

——题记

在青春年少时，我们是彼此的印记

1

我在大学同班有三个“女盆友”，她们都是我的好闺蜜。女生的友情从某种程度上说，类似于爱情，容不得一点背叛与伤害，都需要经营与呵护。

最常在一起的是橘子。她是一个新疆女孩，乌黑的长发，细长的腿，我上课的时候最喜欢摸她的大腿，绵绵的。

我们的感情起于军训的时候她被教官训哭了，我未经允许就走出列队，给她递了纸巾。后来她来到我的宿舍，夸我漂亮、是她见过最好看的女生。她可真是一个小甜心。

我们一起上课，一起逃课，一起坐在草坪上看情侣接吻，一起看众生千奇百怪、鬼斧神工。虽然我们不会一起睡觉，但是她就睡在我的隔壁，我们睡前都会互道晚安。

最喜欢的是，冬天的阳光下，我们一起在操场的看台上吃柚子，记忆中的柚子特别好吃，阳光也特别灿烂。

到了大三实习的时候，我们经常分开，聚少离多。毕业之后，我们都留在了长沙工作，她和姐姐住在解放路，我和同学李博住在学校的家属区，后来又和舍友明亮合租在新开铺的某小区。

我们每周见一次，去椰树咖啡吃意大利面，喝水果茶，有时候也会叫李博、明亮一起打升级。我现在还会怀念那里的三丝炒意面。

大概一年之后，某天在椰树咖啡，我心血来潮告诉她我可能会离开长沙，等男友毕业，我或许会去北京。结果，我男友还没毕业，她就回新疆了。她怕我比她先离开长沙，所以她先走了……

她走之后，我更孤单寂寞冷，没等男友毕业，我就一个人去北漂了。

如今，我们还会打电话，发微信，聊聊彼此的近况。2017 年春天，她给我发了哈巴河的雪景，特别厚的雪，也特别美，她说："你来看啊，我带你去。"

2

在橘子之前，宝宝是我的大学"初恋"。大一新生入学，我来得特别早，早到系里来报到的只有我和对面宿舍的西南同学。第二天下午，我和西南在她宿舍聊天的时候，宝宝和她家人到了。她说话柔声细语，我晕乎乎地答应帮她晒被子、收被子，晕乎乎地成为她的"领路人"。

宝宝住在我宿舍对面，我早上叫她一起去军训，教她系皮带，军训完和她一起去吃饭。军训结束后，我们经常去步行街吃凉皮，去金满地逛街。她特别会砍价，曾经在金满地87块钱买了三件大毛衣，老板娘都快被她砍哭了。那天，我们是走着回来的，因为连坐公交的一块钱，都给那个老板娘了。

大一放寒假，她没有和我联系。很奇怪，上学时候形影不离的两个人，放假了不联系。为此，我很生气，她解释说，就是在家不喜欢联系人。后来，我还为此发过脾气。那时候，我们一起走在回宿舍的天桥上，她说："反正最后都是要分开的。"

当时，我真觉得她理智得可怕，不过还是没忍心推开她。我们依然是上学时亲密无间的小伙伴，放假后不联系的陌路人。如今，我们是朋友圈的点赞之交。毕业不联系很久之后，她忽然给我寄了海南的特产，我给她寄了一些我策划的书籍，也不知道她是否收到了。我们的感情大概就应了那句，虽然早就已经分开，但没我的日子，依然希望彼此过得好。

3

大三的时候，宝宝和橘子都恋爱了，而我和小伙伴小蠢在湖南广电实习。小蠢看起来一点都不蠢，肤白貌美大长腿，特别青春运动的气质女生。但因为太有少女心，少了点理智，所以我叫她小蠢。

我和她一起实过习，一起睡过觉，一起泡过吧、喝过酒。我见证过她的歇斯底里以及脆弱无比，觉得她又可爱又可怜，怜爱的怜。

她是长沙本地人，单亲家庭，特别缺乏安全感，很怕一个人在家，一到周末就喜欢叫同学去她家陪她。我去过几次，只记得有次冬天，她家好冷，我们一起窝在沙发上看《快乐大本营》，她笑得前仰后合，以及那期羽泉唱了《桃花源》。

前世一杯水
君子未相见
枉做了凡人百年
看他乡千张脸
若有缘不擦肩
换得今朝面对面

我们觉得这首歌很好听，高潮部分旋律顺口，我们还会一起哼"再多沧桑还是（尘与烦），再多风雨换来（湖海泉）"。

转眼已是十年。

2016年春天，小蠢来北京进修，我们还一起去了簋街吃小龙虾。她如今已经是一个女儿的妈妈，也是一名光荣的人民警察，庆幸的是，她的少女心依然还在。能一直少女心下去，也是一种幸福吧。

4

这些年，我和我的“女盆友”早已各安天涯，但在我们青春年少时，我们都是彼此的记忆。除了她们，还有一起吃喝玩乐的“跳蚤”悦悦，还有住在我上铺的妹坨明亮，还有喜欢摇滚的学霸阿彩，比我早来北京又辗转回老家的李静……那时候，我们都不能想象自己以后会洗手做羹汤，而今我们生活在不同的城市，柴米油盐酱醋茶。

大学时的我们总是有很多的梦想，和并不具体的人生构想。

走了很多路，认识很多人，笑过很多次，也流下了很多泪。

一点一点地懂得了青春不断抽离的残酷。

《心灵捕手》中有一段话说：“其实最让人感动的友谊是——我希望永远和你在一起，这样我感到很幸福；但我更希望你过上更好的生活且不虚此生，即使我们分开也没关系。”

身边有爱，有温暖的人陪伴，有各自的梦想去追随，即使青春已经埋藏在记忆深处，我们依然能步履不停，过得越来越好。

5

写以上文字的时候，还是2017年初。到2018年初，整理这本书的时候，我们都发生了很大的变化，经历了更多的风雨。

橘子经历了2016年年底的车祸，虽然人没大事，但是也住院几个月，腰上需要钢钉固定着，且工作更加忙碌，每天被“关”在克拉玛依郊区的一个工作组，工作忙到一度让我怀疑她是不是被传销小组控制了。

宝宝的父亲去世了，我们相隔千里，各自忙碌，已经很少交流，但在朋友圈看到她悼念自己的父亲，还是很心疼。树欲静而风不止，子欲养而亲不待。幸好，她大学毕业选择了回家，毕竟她是那样一个恋家的宝宝，能和家人在一起，就是最大的幸福。

2017年6月，怀孕的我因为胎像不稳，回了老家养胎。没想到，而今短短不到一年时间，那么活力明媚的小蠢却在病床上住了几个月，明明去年3月份我们才见过。我微信问她，她不愿细说，我只是听说她得了淋巴疾病，需要化疗。我安慰她，但是内心感到很无力，所有的安慰都很苍白。她说：“你知道吗？我现在整个嘴巴喉咙都烂了，说不出话，吃不了东西。”那一刻，我真的觉得，人真的很脆弱。在病痛面前，所有的语言都苍白无力，只能默默为她祈祷，希望她快点好起来。

人世沧桑，变化莫测，谁也不知道，下一刻会发生什么。唯愿，爱我的人，和我爱的人，身体康健，一切都好。

之所以阅读，是希望有更多自由和可能

1

有个图书馆做过一项调查，随机问卷调查 100 个路人，每个月读书 5 ~ 10 本的读者占 78%，每个月读书 10 ~ 20 本的占 5%，每个月读书 1 本以下的占 15%，而每个月坚持读书 20 本以上的读者只占 2%。

全民阅读的活动越来越多，但是我们阅读的内容越来越浅，阅读的时间越来越少，甚至有的时候我们完全放弃了阅读。

香港真人秀《穷富翁大作战》曾请来哈佛大学工商管理硕士体验环卫工人两天的生活。

体验过两天环卫工人劳累生活后的这位嘉宾在节目结束后留下了这几句话：没有学历、技术的人，为了活下去，不是住笼屋就是要工作到半夜，对于他们，最重要的事情是下一顿吃什么，怎么会有时间和精力去阅读和思考未来？

而现实也会告诉我们，如果我们不读书，不变强就无法生存。很多人并不能轻易改变自己所处的环境，所以多读书，才能让人生进入新的篇章。

阅读会让光阴慢下来，好书是恩典，是对平庸生活的救赎。

2

韦娜说我们应该多读点书，向那些经典作品致敬，也为自己积累素材。她在每个月的开始，都有一个读书的计划，还会在网上带读者读书，向读者介绍自己喜欢的书，写长长的读后感。

她说："一辈子太短，这个世界又太精彩，看不尽的美景、丈量不够的土地。各种狗血的情节……我们都可以通过阅读来品味。"

读书多了，会让我们懂得更多生命的意义。对于宇宙我们是渺小的存在，但是读书，会让我们看到更广阔的天地。

像英国书痴乔治·吉辛，为买一套好书而克扣口腹之欲的体验，买书后摩挲书页的幸福，恐怕爱读书的人都有同感。

3

当前电子书和网络的飞速发展，对传统的实体书店造成了很大的冲击。但是依然有人认为：纸质图书永远不会消亡，而且很快就会回归，因为电子书阅读的感觉无法取代纸质书籍所带来的阅读感。

坡尾是早期厦门渔船停靠的避风港，那里是一大段沙滩的最末端。默默在那里开了一家书店，取名琥珀书店，寄寓书店能够开到像琥珀那样长久、剔透。

默默在那里开了六年的书店，她是个温婉朴素的女生，六年的时光不知不觉流转而过，守店人的气息一点一滴渗透到书店的每一个细微处。书店在六年的时光里遇见了许许多多爱书的人、有趣的人，在大家的共同浸润下，书店成了现在的样子。文学的丰满，哲学的深邃，艺术的灵巧，都被低调地收藏在纸页里，静静等待爱阅读的人来翻阅。

书店上有一幅题字，写着："一间书屋，遇见好人、好事、好物。"

4

我们的心最好能静下来，不为尘世的一切所蛊惑，只为读书那一瞬间的宁静。

就像清代张潮所说："少年读书如隙中窥月，中年读书如庭中望月，老年读书如台上玩月，皆以阅历之浅深为所得之浅深耳。"

有人提了一个问题：读书有什么用?

A 说：眼睛到不了的地方，文字可以。

B 说：我读过很多书，但后来大部分内容都被我忘记了，那阅读的意义是什么？回答："当我还是个孩子时，我吃过很多食物，现在已经记不起来吃过什么，但可以肯定的是，它们中的一部分已经长成了我的骨头和肉。"

C 说：可以有底气地说，你很好，但是我也不差。

D 说：污也可以污得很高雅，很随性，很有文化……

5

其实“读什么”比“是不是在读书”更重要。

陶渊明在《五柳先生传》中说：“好读书，不求甚解，每有会意，便欣然忘食。”郑板桥认为：“读书贪多不求精，就会胸中撑塞如麻，读书求精不求多，才能读到书里去。”

一本好书会让你看到更好的世界，也让你塑造更好的自己。阅读是精神旅行的独有方式，可以是初冬的白雪，也可以是酷暑的清茶，红袖添香，绿满窗前。

我们可以长得不好看，但是也能将每一天都过得很有诗意；我们可以忍受日子清贫，但是要拒绝思想贫瘠。人生有时已经很无聊了，不能让我们的思想也跟着无聊下去，世界那么大，如果我们无法行万里路，那就破万卷书吧。

最好的友情就是我愿你好，即使分开也没关系

1

胡胡说：“我永远不会原谅她。”说完把一把硬币撒在了教室外的走廊上，然后头也不回地跑到楼下。

当时 17 岁的胡胡，觉得自己像个女英雄。

因为胡胡考试作弊，被好朋友举报了。胡胡觉得，这辈子都不会再见她了。

这之前，她们一起去爬山，一起学习，买个笔记本都得买双份。胡胡总是笑得嘴巴咧到下巴那儿：“说我们要一直走下去呀。”

好友摇着手捂嘴笑：“先把数学证明题解出来再说吧。”

她们那时候真的很好啊，听音乐的耳机各戴一只，里面播放的歌曲都是胡胡和好友喜欢听的，她们都能跟着轻声唱。在夏天的时候一起吃冰淇淋，在考试成绩不理想的时候一起掉眼泪。在彼此有困难的时候，她会毫不犹豫地说：“如果你的左脚痛，我的右脚就

会痛起来。”她们觉得，这就是最好的友情了。没有任何质疑。

她们一起想象着大学生活，并且各自保证：“无论到了哪座城市，都不可以渐渐疏远。”可是还没等到高考，她们就分道扬镳了。

胡胡说：“不能接受最好的朋友出卖自己。”

好友说：“胡胡，我是为了你好。”

胡胡说：“你胡扯！”

之后，胡胡再也没和好友说过一句话。

时隔8年后，在胡胡最难过的时候，接到的第一通电话却是好友的。

2

那时的胡胡因为母亲病逝，整个人都走不出悲伤的阴影，她听着那边清脆的声音说：“你现在在哪儿？我去看你。”

胡胡没有说话，只是眼泪流了下来。

她发现，当年的自己年少轻狂。

17岁的时候，她觉得自己永远都学不会原谅。

她鄙视着所有人的真诚，不再交朋友，心如死灰。

18岁毕业的时候她特意报了很远的学校，她要选择离开。

20岁的时候，她发现自己有些孤单，这些年她偏执地守着自己的骄傲不肯低头认错。

25 岁的时候，她终于懂得有些珍贵的感情是不能随便丢掉的，有些失去了，永远不会回来。

庆幸，好友还在。

她想到她们17岁的时候，那些共撑一把伞的日子，光阴无法倒退，她必须用行动弥补。

她和好友去旅行，去享受美食，好像要把之前走散的那些年都找回来。

仿佛什么都有期限，爱情或者友情，以及更多的生活感悟。

很久之后，她才想起回头去看看，对岸依旧青春正好，杨树的枝条连成一条回忆的线，那些年轻的孩子一路跑跑跳跳地冲过，笑声长留在耳边。

她告诉好友，幸好自己已经从固执中醒来。

3

很多人身上大概都有过胡胡的影子。

当你懂得认错，并不是认输，而是成长。

很多年前，我还和橘子看着别人在宿舍楼前的草坪上秀恩爱，如今青春已散场。

就像很多年前，我们都还是孩子，在某个春天，我们在院子里埋下一粒糖果，希望来年的时候能长出更多的糖果。那时，梦想有糖果的味道，每一天的清晨都有太阳的味道，树叶是新鲜的，空气是有甜味的。

“五一”我回老家，和妈妈带着小侄子去游乐场，竟然遇见了初中时的闺蜜谧娜。她已然是两个孩子的母亲，在我曾经就读的高中任教，且有一个踏实稳重的老公。

真好。

这么多年过去，我们好像走过了一场又一场我们自认为的风霜雨雪，也收获了很多口味的糖果。

那时觉得幸福那么未知，所有的时光都是被浪费和被辜负之后，拍拍上面的尘土，才知道如何做更好的自己。如今我们都找到了自己的归属，踏实温暖。

生活给我们上了一课又一课，我们不断提交的试卷有满分也有不及格，但是我们的内心却越发笃定，能够更宽容、更安然地面对这个世界。

你妈喊你回家吃饭啦

1

之前在五道口和人合租房子，我们的主卧住的是一对华裔母女。年近半百的母亲，陪着18岁的女儿来北京，只为了让女儿在清华大学学中文。女儿3岁时，他们全家技术移民到澳大利亚。如今，女儿长大了，她却要发愁女儿的恋爱和婚姻。

我见过她的女儿，是一个特别漂亮、有气质的姑娘。

而这位阿姨担心的是，女儿会嫁给当地人，嫁给西方文化。阿姨说，在澳大利亚，她怕女儿早恋，更怕女儿被外国人骗了。

也许全天下的母亲都是一样的，总是在担心自己的孩子。生活中，我们总是会抱怨妈妈太唠叨了，她们总是时刻担心着。担心着你有没有准时吃饭，有没有按时睡觉，有没有受到委屈，有没有穿秋裤，有没有被人伤害……

有时候，我也会突然想起自己的少女时代，好像昨天还是那个安妮宝贝书中穿着棉服趴在栏杆上，以 45 度角仰望天空的小屁孩，在妈妈的唠叨声中写作业，再一回头发现就像穿越一样到了现在。

已经过了动不动就流眼泪的年纪，也渐渐懂得了自己是一个大人的现实。虽然嘴里还高喊着："精神病人思维广，弱智儿童快乐多。"可是一笑，发现眼角纹长得枝繁叶茂，贴了面膜都无济于事，只能靠一键美颜。

在这座古老的城市生活了很多年，现在好像才真正懂得了它的呼吸，它的肌理，它的变化，如同妈妈的容颜一般。有时候，成熟并不是一朝一夕的事情，而是在熟悉的生活中，越来越喜欢真实质朴的感情。

2

我听过一个故事。

男孩的妈妈是个要强的女人，受过很严重的伤。6 岁那年，男孩的爸爸骑着摩托车载着她，在下班路上被车撞了，他妈妈的一边脸擦在地上，差点毁了容。而他爸爸却没能被救过来。

他妈妈把骨灰盒放在桌子上。6 岁的小男孩问她："我爸爸呢？"

妈妈指了指那个盒子，说："在里边呢。"

他又问："爸爸怎么变得那么小？"

她就没再说了，过来抱着男孩，摸着他的头，告诉他："不要怕。"

后来他妈妈因为脸上的伤不方便洗头，就自己把头发剪了，之后就再也没有留过长头发。

她开始特别担心男孩的安危，不让他一个人上学。她把那辆破摩托车修好，每天接送他，把他放在她的怀里坐着，骑得特别慢。

那个时候，她脸上还有明显的伤痕，并且开始脱皮，看起来有点儿可怕，她穿着男孩爸爸留下来的军大衣，留着短发，像个很丑的男人。

等他再长大一些，他开始明白一些事情。比如，爸爸是怎么钻进了那个小盒子里，而妈妈又是怎么从盒子里走出来。

总之，在爸爸离开之后，他的妈妈就成了一个很强大的女人，比男人还要强大。如今男孩已经到了结婚的年纪，她也日渐衰老。每次他回家的时候，她会去早市上给男孩买他喜欢吃的羊腿，再去饭店打包烤鸭，然后骑着摩托车去火车站接他。

再后来，男孩准备在外地定居，到离她更远的地方去。到男孩走的时候，他妈妈又骑着摩托车去火车站送他，风很大，他在她的身后，她的身躯也挡不住他了。等他要上车的时候，她抓着他的手，她的手还是糙的，头发还是短的，脸还是红的。她的儿子走过去，用双手拥抱了她，就像那年她把 6 岁的小男孩拥在怀里一样。

长大的儿子对她说："不要怕。"

妈妈就像金色麦田中颗粒饱满的麦穗，她教会我们用心收割的，正是像小麦一样质朴而丰满的人生。

3

很喜欢江一燕微博上的一句话：“心硬者得世界，温柔者得神。”

小时候，妈妈就是我们的全世界，即使爸爸出现，我们要说的也是：“我妈呢？”

妈妈也是这个世界上最可爱的人，有时候，我的脑海中总是会有很多画面来来回回奔跑。画面中的我们在平房外狭小的地上跳着格子，或玩着跳皮筋、打沙包。画面中有自行车清脆的铃声，提醒着玩耍的我们，该让道了。

还会想起那句：“你妈喊你回家吃饭啦。”就像电视剧《请回答 1988》的第一集中场景。

大学时，我很少给家里打电话，直到大学快毕业，忽然某天，发现妈妈精神状态不好，有些抑郁倾向。

好像小时候，妈妈给我洗衣做饭的场景还在昨天，可一转眼，她已经老了。即使她还很爱漂亮，但是遮不住的白发与皱纹，都是岁月的痕迹。

现在，我常常和妈妈视频。古人说：“父母在，不远游，游必有方。”我知道他们并不想我回老家，他们更期盼我在北京，过好自己的生活，哪怕他们其实很孤单。

我每次都说要他们来北京玩，他们都以各种理由推掉。其实，妈妈前几年来过一次北京，但当时我们刚买完房子，过得特别辛苦，连社保卡里的钱都要取出来买菜。我不仅没有带她玩，还需要她帮忙做饭、收拾家。

有一段时间，我把QQ签名改成：何以解忧，唯有暴富。说白了，还是命里缺钱。多赚点钱，才能让自己更有底气啊。

那些漂泊在外乡的人，你们的妈妈都还好吗？在妈妈伤心难受的时候，请多陪陪他们。有妈妈在的地方，不管在哪儿，都是我们的家。

活得越用力的人，越容易被伤到

1

同学张伟面临毕业季的时候，签约了北京一家不错的软件公司，但是因为公司同时签约了本专业一个女生，且那个女生不断地追求他，过了几个月，手足无措的他，竟然选择了辞职落跑。可惜，刚毕业不久的他并不知道当时的严峻形势：毕业季已过，学校的大门关上了，又正值 2008 年，裁员的公司很多，招人的公司却很少。

整整一年，张伟都在北京找工作，很多时候，他都想要放弃北漂回老家了，但是专业不允许——网络工程，难道回老家做网管吗？那不亏了他寒窗苦读十几年的青春？再苦，也得撑着。

撑着撑着，日子就越来越好了。他找到了心仪的工作，并且特别喜欢自己的团队。

2010 年某天，我们在五道口喝咖啡叙旧的时候，他说，找工作那一年，真的有深夜痛哭的时刻。

在情感上的角力中，他失败了，但是在工作上，他成功了。生活中，无处不存在着角力，我们要有抗衡的信心，这才是最重要的吧。

2

活得越用力的人，越容易被伤到。

工作太用力，就平衡不了生活，难享清闲的乐趣；说话太用力，就会得罪人，吃力不讨好也会伤己；感情太用力，就会迷失自我，伤身又伤心。

那我们该怎么办呢？

有的人喜欢明哲保身，不到触犯自身利益的时刻，从不表态。但是这样好吗？用了力必然有角力，但是不用力，更会显得麻木无力。

在美国波士顿犹太人屠杀纪念碑上，铭刻着德国新教牧师马丁·尼莫拉 (Martin Niemoller) 留下的短诗：

起初他们追杀共产主义者的时候，
我没有说话——因为我不是共产主义者；
接着他们追杀犹太人的时候，
我没有说话——因为我不是犹太人；
后来他们追杀工会成员的时候，
我没有说话——因为我不是工会成员；

此后他们追杀天主教徒的时候，
我没有说话——因为我是新教教徒；
最后他们奔我而来，
那时已经没有人能为我说话了。

只要你有个性，必然会出现“角力”。你或许因为角力得到些什么，也或许因为它失去些什么。无论怎样，都是一种选择，而无数的选择，组成了你的人生。

3

相信很多人都知道“人生不设限”的尼克·胡哲，他天生没有四肢，一出生就在和生活角力。

6岁时，尼克的父亲教他如何用身体仅有的“小鸡脚”打字。8岁时，尼克的父母把他送入小学。孩童的世界天真又残忍，尼克饱受同学的嘲笑和欺侮，甚至在10岁时，他曾试图在家中的浴缸溺死自己。自杀没有成功，但明天毕竟是新的一天。

19岁，尼克打电话给学校，推销自己的演讲。在被拒绝52次之后，他获得了一个5分钟的演讲机会以及50美元的薪水。从此，他开始了自己的演讲之路。

如今，尼克拥有两个大学学位，是“没有四肢的生命”组织创办人，收获了甜蜜的爱情，并有了可爱的孩子。

在 31 岁的时候，他踏遍世界各地，用自己的演讲激励和影响逾百万人。

尼克说："人生的遭遇难以控制，有些事情不是你的错，也不是你可以阻止的。你能选择的不是放弃，而是继续努力争取更好的生活。"

很多事情都有它的游戏规则，一不小心，我们就会被现实伤到。或许只有学会调整自己的步伐，我们才能走得更稳。

4

面对角力，很多人更多的是害怕与逃避。他们最常说的话是"不可能""不相信"，他们不能想象尼克为什么这么拼，正如他们坐井观天，用自己的思维判断新事物；他们安于现状，没有勇气去改变，然后说自己淡泊名利心态好。

在施力与不施力、受力与不受力之中，我们是可以选择的。我们可以一边消磨时光，一边感叹世事无常；也可以不断地与自己对决，获得新的生命。

选择把自己变成敢于与生活角力的人，会从内到外地脱胎换骨，将自己的优势发挥到极致。就像他们说的：如果事与愿违，就相信上天一定另有安排；所有失去的，都会以另外一种方式归来。

路途再远，别忘记回家的路

1

2017年“五一”期间，我本想带着爸妈去逛平遥古城，回家之前计划得好好的，都想好了买哪趟高铁票或者直接开车去。

结果回到家，老爸说平遥有啥好逛的，人那么多，想看还不如去看市里的霍州署，人少又方便。我竟无言以对。

在家三四天，老爸忙忙碌碌、进进出出，傍晚闲聊间，他说：“现在端大锅都不敢用力，怕闪着腰……”那一瞬间，我看到爸爸笑起来脸上的褶皱越来越深了，突然心里难过得说不出话来。

弟弟说，他上次和家里视频，看到爸妈斑白的头发，都有一种想哭的冲动。

以前，我在外面很放心，觉得家里有弟弟。等弟弟也出去了，才发现，父母真的老了。

谁也不想离开家，但是长大了之后才发现，更多的是身不由己。

2

李安电影《饮食男女》描写了父亲老朱和三个女儿的关系，其中他与二女儿的矛盾尤为紧张。

有一个镜头是女儿趴在桌上睡觉，晨跑回来的父亲拍醒女儿说：“跟你说过多少次，趴在桌上睡对你不好。”

睡眼惺忪的女儿马上反驳：“医生说跑步对你膝盖不好，那你还跑？”

父女的关系就在这样的一来二往中慢慢磨蚀。

但是最亲近的感情往往最朴实，多年以后，或许女儿再想要有人提醒她，那个人早已经不在了。

小时候，是父母牵着你，现在父母变老了，也需要我们的陪伴。

“你陪我长大，我伴你变老。”说来容易，做起来却很难。

3

我曾在电影《飞越老人院》里看过一段话：“每年春节只有几天回家，也就五六天，但真正和父母在一起的时间也就两三个小时，五六天是十几个小时，二十年是两百多个小时，想想就可怕。”做减法才知道时间的压迫感。

想赶在父母变得更老之前变得更强大，很怕“树欲静而风不止，子欲孝而亲不在”。有时候，我会做很多梦，梦里仍是奔跑的十几岁，站在不停歇的时光面前，看玻璃窗上的冰花和剪纸，我已看不清年少的脸，过往匆匆。时光湮没了荒草与旧楼，陈年旧事被一杯暖茶溶解，被爸爸妈妈做的一桌饭菜温暖。

我曾看到一张照片，标题是《3 岁的等待与 33 岁的归途》。

33 岁的父亲赶路 24 小时返回家，3 岁的儿子在路口等待。妻子三年前离婚走了，留给他一个儿子。为了养家，男人外出打工，一个月上 28 天班。春节前，他一路坐火车、大巴、公交，赶路近 24 小时回到家乡时发现，3 岁的儿子早已在路口等着他回来……

深情不及久伴，厚爱无须多言，这是一场心酸的轮回。

4

我记得上小学时，我和妈妈去一个简陋的小电影院看《世上只有妈妈好》，很多小朋友都哭得稀里哗啦，包括我自己。看到爸妈越来越多的白发，有时候真的想让时光倒流，回到小时候。

记忆的房间里满是干净暖和的阳光的味道，玻璃窗外是灰色的天空。我穿上妈妈做的橙色裙子，在大衣柜的镜子里不停地照了又照。

水果糖的透明糖纸映衬出小小的脸庞。院子里的大槐树映出的都是充满生机的光景，远远地看上去，这个小院子，仿佛就是整个世界。我和弟弟趴在小桌边写作业，不一会儿就会吵起来。

几个小孩子一起玩捉迷藏，或者一起丢沙包，风吹过来，皮筋就像波涛一样轻轻摆动，有一种奇异的幻觉。那样欣喜欢快的小时光好像随着某一天一觉醒来，就变了模样，唯一不变的，是那种感觉。

想起那句话："父母在，人生尚有来处；父母去，人生只剩归途。"家是我们永远的眷恋。路途再远，别忘记，回家的路。

后记：
这年华青涩逝去，却别有洞天

两年前，我认识一个还没有大学毕业的小姑娘，我叫她小可爱。

小可爱的理想是考上北京电影学院。她大三时就开启了北漂模式，一边工作，一边准备自己的考研之路。

因为艺术类考生除了专业课之外，对形象气质的要求也特别高。小可爱像是在闭关修炼的姑娘，每天学习到只睡6个小时，看到美食也硬要忍住口水，依靠内心无数个小人斗争半天的强大意志力控制自己的身材。

某天，看到小可爱在朋友圈发的深夜学习的照片，我突然忍不住喝了一碗鸡汤：真的是比你年轻、比你可爱的人还在为自己想要的东西努力，我们又有什么理由懈怠？

就像那句话，“你周围的朋友已经身家过亿了，你还在纠结早上几点起床。”

很多人想到高考都会觉得那段日子过得煎熬，但是多少年过去之后，最怀念的也是那段时光，那段用生命和青春去付出的日子。

有时候，迷茫不过是我们想要的太多，储备的力量太少。外表上我们可能很简单，我们的一日三餐，我们的衣食住行，然而这并不是我们活着的最终意义。如果你的心能开始变得坚韧和坚持，虽然有时候没有被这个世界温柔以待，却又能保持一直前行的动力。

王菲浅吟低唱：“良辰美景奈何天，为谁辛苦为谁甜。这年华青涩逝去，却别有洞天。”

2016 年某个周末聚会时，苗鹏说，他早一年就报了班学习游泳，从每周一次到每天一次，如今他已经勉强出师了。我深深地感受到了“男人都在健身，你还有什么理由不减肥”的郁闷。

同事华华说，她家对门的女人总抱怨自己的老公每天加班到凌晨两点，她羡慕对方老公50万的年薪，可是又感慨这高薪都是拿命换来的。

韦娜之前在意林集团做讲师，每年出差的时间占据了生活的四分之三。即使真的很累，她依然要每天抽出两个小时写文章，睡前还要保证一个小时的阅读以免跟社会脱节。

我感叹：“你何必把自己搞得这么累？”

她说：“累，当然累，我也想每天正常下班，然后健身散步，但是我想要更好的生活，所以我要趁还有精力还年轻去努力去拼。天下没有免费的事情，任何事都是，所以想要得到什么，一定要付出对等的甚至更多的代价。”

这座城市，有头发半白的大妈在国家图书馆的自习室学英文、背单词；有40岁的中年大叔组团参加司法考试，回家的路上还在讨论问题；有貌似民工的大叔在地铁上读英文原版书……每个人都在为了过上更好的生活奋斗，凭什么你可以不努力？

我们想要的其实并不是有趣的生活，而是拥有成就感的自己，可是成就感的前提是你要付出很大的辛苦，而这个付出辛苦的过程，就是目前我们单调的生活，就像现在苦熬着的自己一样。

2017 年初，网上很多文都在传华为的员工 34 岁就有可能被淘汰。

34 岁，没有更好的机会跳槽，甚至被现单位炒鱿鱼，想到这里，我的心就要抖一下，很害怕自己以后会被炒鱿鱼。毕竟很多以为自己在打江山的人，多年以后才明白自己是为他人作嫁衣啊！生活中从来不缺乏血淋淋的案例。想在公司养老的人，永远都会被更新鲜的血液所替代，没有危机感就是最大的危机。

2017 年年底的流感，多少人一病不起，甚至失去了生命。看到那篇被刷爆了朋友圈的《流感下的北京中年》，更是感到生不起病的恐慌以及世事无常的悲哀。

而想到以上这些，我曾经以为平淡的生活开始变得无聊甚至有些可怖，一片幽暗的森林在我面前慢慢展现它庞大的身影。危险已近在眼前，可是更让人觉得恐怖的是，眼前没有路。

张艾嘉有一首歌，我常常哼，里面有句歌词这是样的：“走吧，走吧，人总要学着自己长大……”是啊，是得往前走啦，再不往前，就无路可走了。虽然靠写作也不可能实现财务自由，但这也是万千道路中的一条曲径。

这本书留给自己，也献给每一个期待逆袭、不断努力、坚持进步的你们。

谢谢你们看到这里，谢谢，我亲爱的读者。

景天

2018 年